공부
열심히 한다고
안심하지
마세요

제대로 생각하고 제대로 공부하자

공부 열심히 한다고
안심하지 마세요

초판인쇄	2020년 4월 16일
초판발행	2020년 4월 23일

지은이	안병조
발행인	조현수
펴낸곳	도서출판 프로방스
마케팅	최관호
IT 마케팅	조용재
디자인 디렉터	오종국 Design CREO

ADD	경기도 고양시 일산동구 백석2동 1301-2
	넥스빌오피스텔 704호
전화	031-925-5366~7
팩스	031-925-5368
이메일	provence70@naver.com
등록번호	제2016-000126호
등록	2016년 06월 23일
ISBN	979-11-6480-051-3 03810

정가 13,800원

공부
열심히 한다고
안심하지
마세요

제대로 생각하고
제대로 공부하자

안병조 지음

프로방스

"학교에서 정해주지 않으면 스스로 공부하는 게 어렵지?"

사촌동생은 부산에 있는 대안학교에 다니고 있다. 봄 방학이 없는 학교라서 일반학교보다 먼저 개학을 맞이했었다. 그런데 초기진압이 되었다고 생각했던 코로나 바이러스가 대한민국을 덮치면서 사촌동생이 다니는 대안학교뿐만 아니라 모든 학교가 개학을 연기하기로 했다.

사촌동생의 집은 대구다. 교장선생님께서 대구에 사는 학생들은 절대로 대구로 돌아가지 말 것을 당부하셨고, 대구 말고 갈 곳이 없는 학생은 학교에 남아 있으라고 하셨다. 그래서 사촌동생은 자신의 집으로 돌아갈 수 없는 상황이 되었고, 결국 우리 집으로 오게 되었다.

　사촌동생은 대안학교에 다니기 전만 해도 집안의 골칫거리였다. 일반 학교에 다닐 때는 학교에 가면 잠만 잤고, 공부에 전혀 흥미를 갖지 못했다. '자퇴를 시켜야 되나? 도대체 어떻게 하면 좋을까?'를 고민하던 숙모는 우리 어머니께 연락했고, 우리 어머니의 소개로 부산에 있는 대안학교에 다니게 되었다.

　사촌동생은 부산에 있는 대안학교에 다니기 시작하면서 공부에 흥미를 느끼게 되었고 수업시간에 가장 집중 잘하는 학생 중 한 명이 되었다. 학교 프로그램 중 일 년에 3번 대만에 가서 공부할 수 있는 프로그램이 있었는데, 재영이는 그 프로그램을 통해 대만의 매력에 빠졌고, 한국에 돌아와서는 한자와 대만어를 공부하면서 대만에 있는 대학교를 목표로 공부하기 시작했다. 재영이의 달라진 모습으로 인해 숙모는 너무 기뻐하셨고, 우리 어머니께 너무 감사하다며 전화를 자주 하셨다.

　대만을 다녀오고 난 후에 재영이는 대구 집으로 가지 않고 잠깐 우리 집에 있다가 다시 대안학교로 돌아간 적이 있었다. 그때 재영이와 처음으로 진지한 대화를 하게 되었다. 10시부터 시작된 대화는 새벽 2시까지 이어졌는데 "대만대학교를 왜 가려고 하는 거야?"라는 나의 질문에 "대만 문화도 재밌고, 그냥 대만에 있는 대학교에 가고 싶어."라고 답했다. 이 대답을 듣고 난 "내가 너였다면 난 절대 대만에 있는 대학교를 가지 않겠어. 잠깐 대만에 다녀와 놓고 '대만에 흥미가 생겼다.' '대만이 너무 좋다.'라고 말하는 건 오버인 것 같아. 내가 너였다면 대안학교도 안 다니겠지만 대안학교를 다닐 수밖에 없다면 방학 때라도 혼자 배낭 하나 메고 대만을 여행할 것 같아. 직접 돌아다니면서 대만의 문화도 배우고 대만 사람들이 살아가는 모습도 경험하고, 네가 공부한 언어도 어느 정도 수준인지 현지인과 대화하면서 평가하고 말이야."라는 말을 해줬다.

　다들 재영이의 변화된 모습만 보고 "공부 열심히 한다며? 대단하네."라고 말해줬지 진짜 그의 속내를 물어본 사람은 아무도 없었다. 나의 말에 재영이가 흥미를 보여서 조금 더 질문을 던졌다. "네 꿈이 뭐야?"라는 질문에 "아직 뭐하고 싶은지 모르겠어."라고 재영이는 답했다. 난 너무 답답했다. 뭐가 달라졌다는 거지? 그냥 학교 공부만 조금 열심히 하면 아무 문제가 없는 걸까? "네가 하고 싶은 것도 없는데 대만대학교에 가서 뭐 할 건데? 현재 우리나라에 대만 버블 티가 유행하잖아? 누군가가 대만에서 먹어보고 우리나라에 가지고 왔을 거 아냐? 그런데 버블 티 말고 대만에 더 맛있는 음식이나 디저트가 있을 수 있잖아? 뭘 해야 될지 모르겠다면 더더욱 배낭 하나 메고 대만을 여행하면서 아직 알려지지 않은 음식들을 먹어보고 그 음식들을 한국에 갖고 와서 사업을 하는 것도 나쁘지 않을 것 같은데?"라고 말해줬다. 재영이의 눈빛이 초롱초롱 해졌고, 당장이라도 그렇게 할 것만 같았다. 그리고 그 다음 날 재영이는 내가 쓴 책 몇 권을 가지고 대안학교로 돌아갔다.

난 재영이를 까맣게 잊고 있었다. 그런데 코로나19 바이러스로 인해 다시 재영이를 만나게 되었다. 분명 몇 개월 전에는 모든 친척들이 칭찬하던 사촌동생이었는데, 삼촌은 재영이가 집에만 돌아오면 그대로라며 속상해하셨다. '시간이 필요한데 조금만 기다려주시지……' 라는 말을 하고 싶었지만 저 생각은 속으로만 할 수밖에 없었다.

우리 집에 온 첫 날 재영이는 저녁을 먹고 방으로 들어갔다. 아침이 되어 방으로 들어갔는데 재영이는 자고 있

공부 열심히 한다고 안심하지 마세요

었다. '공부한다고 요즘 많이 피곤했나 보다.' 라는 생각을 하며 푹 잘 수 있도록 조용히 방문을 닫고 나와 줬다. 그런데 이상했다. 시간이 흐르고 흘러도 재영이는 일어날 생각이 없어보였다. 저녁 8시 쯤 어쩔 수 없이 재영이를 깨웠다. "피곤하지? 저녁이라도 먹고 쉬어." 재영이는 배고팠다며 얼른 일어났고 같이 저녁을 먹었다. 저녁을 먹으면서 알게 된 사실인데 아침 6시까지 스마트폰을 한다고 밤을 새웠던 것이다. 그리고 6시에 잠들어서 저녁 8시까지 푹 잔 것이다.

재영이는 기숙사 생활을 하다 보니 스마트폰을 할 수 있는 시간이 거의 없었다고 한다. 그래서 '오랜만에 스마트폰을 받아서 그랬구나.' 라는 생각을 했는데 그 다음 날에도 깨어 있을 때 하루 종일 스마트폰만 봤다.

'이래서 그대로라고 말씀하시는구나.' 재영이를 데리

고 해안가로 산책 하러 나갔고 거기서 이런 말을 해줬다.
"학교에서 정해주지 않으면 스스로 공부하는 게 어렵지?
난 이게 대한민국 교육의 문제라고 생각 해. 네가 진짜 하
고 싶은 게 있고, 네가 스스로 느끼기에 필요한 공부라고
생각하면 학교가 시키지 않더라도 스스로 공부를 하겠지.
그런데 네가 꿈이 없으니 뭘 해야 될지 모를 거야. 그런데
그건 너만의 문제가 아니야. 대한민국 대부분의 학생, 청
년들이 그렇게 살아. 네 꿈을 찾고 네 꿈을 공부하고 싶지
않니? 그게 필요하다면 형이 도와줄게."

재영이는 "OK"를 했고 그렇게 우리는 제대로 공부하
는 방법을 함께 찾기 시작했다.

2020년 꽃피는 봄날에

저자 **안병조**

"네 꿈이 뭐야?"라는 질문에
"아직 뭐하고 싶은지 모르겠어."라고
재영이는 답했다.

네 꿈을 공부하고 싶지 않니?
형이 도와줄게.

| 차례 | Contents

학교에서 정해주는 책,
학교에서 정해주는 범위,
학교에서 알려주는 정보로만 공부를 한다.
그 이상 그 이하도 하지 않는다.
그래서 주말과 방학만 되면 시간을
어떻게 보내야 할지 모른다.

코로나19로 개학이 무기한 연장되면서
무방비상태가 된 학생들을 보며
우리의 공부수준을 더 적나라게
직면할 수 있게 되었다.
이 상태라면 우리의 미래인 자녀들은
인공지능시대에 살아남을 수 없다.

Part

제1장

공부는 왜 해야
하는가?

재영이의 학교생활

나의 부모님은 다른 부모님들에 비해 조금
다르게 공부에 대해선 자유로운 부분이 있었다. 하지만
게임이나 올바르지 못한 일을 했을 때는 엄했고, 피시방,
거짓말에는 특히 엄했다. 그렇지만 나는 초등학교 저학년
때부터 피시방을 다니면서 놀기만 했다. 혼나고 그 다음
날 다시 피시방에 갔는데 초등학교 졸업할 때까지 아무리
혼나도 고쳐지지 않았다. 중학교 올라가서도 마찬가지였
다. 매일 놀기만 했고 학교에서 대부분의 시간을 잠을 자
며 보냈다. 학교에서 특별히 큰 사고는 안쳤지만 수업시
간에는 수업과는 상관없는 소설책을 읽거나 선 넘는 장난
을 많이 쳤고 수업이 재미없으면 그냥 피시방을 가버리는

그런 모범생과 일반학생들과는 거리가 많이 떨어졌었던 중학생 시절을 보냈었다. 그렇게 자고 싶으면 자고 놀고 싶으면 노는 그런 시간을 보내면서 즐거웠지만 9년에 가까운 시간을 낭비했었다. 3학년 1학기까지 그렇게 보내고 중학교 마지막 학기인 2학기가 시작될 때쯤 어머니께서 내가 2주 후에 대안학교로 전학 갈 것이라고 말씀하셨다.

솔직히 이 말을 처음 들었을 때 너무 어이가 없었다. 나와 상의 한 마디도 없었을 뿐더러 사전통지도 없었다. 그래서 처음에는 화도 내고 반항도 했지만 결국 2주 후에 전학을 가게 되었다. 내가 전학 간 학교는 기독교 대안학교였다. 어머니는 불교고 나머지는 무교여서 더욱 이상했고 나는 그때 종교에 대해 그다지 좋게 보지 않았기에 입학부터 정말 싫었다. 그리고 나는 잠이 많은 편인데 학교에선 새벽기도를 위해 새벽4시반부터 일어나 하루를 시작하게 했고 수업시간에도 자면 바로 깨워서 어떻게 하면 '잠을 더 잘 수 있을까'와 어떻게 하면 학교를 나갈 수 있을까' 라는 생각으로 한 달을 다녔었다. 한 달 뒤에 나는 학교에서 한 달 동안 말레이시아에 가서 난민아이들을 위해 봉사하는 프로그램에 참여하게 됐다. 봉사를 하면서 힘들었지만 나는 많은 것을 느꼈고 즐거웠다. 그렇게 대안학교에 다니면서 일반학교에선 할 수 없는 특별하고 의미 있는 경험을 했지만 그래도 나는 이 기간이 끝나면 학교를 그만 둘 거라고 교감선생님께 말했고 나는 한 달 뒤 다시 중학교로 돌아가 별 탈 없이 졸업을 했다. 무사히 졸업은 했지만 고등학교 갈 성적이 안 되서 다시 대안학교로 돌아가게 되었다. 그렇게 몇 개월을 다시 다녔고 3달 동안 대만에 가게 되었다.

공부 열심히 한다고 안심하지 마세요

01   어떤 책이 필요한데?

"아 생각해볼게." 하고 가만히 앉아서 생각하는 아이들, 그리고 검색을 하는데 자기 생각을 검색하는 것이 아니라 두루뭉술하게 영어를 검색하고 "아, 이 책이 좋겠다." 라고 생각을 한다. 그리고 대충 그 책을 선택한다. 영어책을 선택했으니, 공부할 준비가 된 것처럼 보이니 잘 한 것처럼 보이지만 그 영어책을 공부해서 자신에게 어떤 도움이 될까? 그냥 공부만 하면 무조건 좋은 것일까? 우리나라는 너무 많이 배워서 문제다. 많이 배워서 좋은 것이 아니라 나에게 필요한 부분만 집중적으로 공부해야 한다.

"숙모가 그러던데 너 책 필요하다며? 책 주문해줄게. 어떤 책이 필요한데?"

"어? 찾아볼게. 잠시만."

이 대화 후 하루가 지났다.

"책 찾아봤어? 책 제목 뭔데?"

"어? 지금 찾아볼게. 지금 바로."

그리고 바로 스마트폰을 꺼내 검색하려고 했다. 황당해서 사촌동생을 불렀다.

"어떤 책이 필요한지 생각 안 해 봤어?"

"어? 아 맞다.(스마트폰을 놔두고) 생각해볼게."

너무 이상하지 않는가? 우리 사촌동생이 이상한 것이 아니다. 이 모습은 대한민국 대부분의 청소년들이 공부하는 방법이다. 학교에서 정해주는 책, 학교에서 정해주는 범위, 학교에서 알려주는 정보로만 공부를 한다. 그 이상 그 이하도 하지 않는다. 그래서 주말과 방학만 되면 시간을 어떻게 보내야 할지 모른다.

"너 진짜 책이 필요하긴 한 거야? 숙모가 책이 필요하다고 해서 필요한 게 아니고 진짜 네가 필요하냐고?! 잠시 내 앞으로 와봐"

재영이를 앞에 앉혀 놓고 질문을 하기 시작했다.

"네 인생 아니야? 네가 뭘 공부하고 싶고, 네가 뭐가 부족하고 이런 것들은 네가 잘 알아야 하는 거 아냐? 언제까지 누가 정해준 공부만 할 거야? 한국 교육 시스템이 그래서 문제야. 과외나 학원 선생님이 없으면 학생 스스로 공부 할 수 없게 만들었잖아. 네가 한 번 생각해봐. 지금 어떤 공부가 필요한가?"

재영이는 어렵다고 했다. 아무리 생각을 해봐도 잘 모르겠다고 말했지만 솔직히 5분도 생각하지 않았다. 학생들은 생각 하는 법을 까먹었고, 5분 정도 생각하고는 충분히 생각했다고 생각한다. 그리고 생각하기를 멈춰버린다.

"형, 생각하는 게 너무 어려운데?"

"그래? 그럼, 내가 조금 도와줄게."

02   난 어떤 공부를 하면 좋을까?

　　동아시아에 주입식 교육인 수능제도를 만든 일본은 2020년 수능제도를 완전히 폐지시켰다. 왜 이런 결정을 했을까? 주입식 교육으로는 인공지능을 이길 수 없다는 판단을 했기 때문이다. 대한민국 최고의 기업 삼성은 최고의 인재가 필요한 자리에는 한국 대학을 졸업한 학생들은 절대 뽑지 않는다고 한다. 그 자리는 스스로 생각할 수 있는 능력이 필요한 자리인데, 한국 학생들은 주입식 교육으로 인해 정해진 답만 잘 찾지 스스로 생각을 해서 문제점을 찾거나 새로운 아이디어를 제시하지 못하기 때문이다. 앞으로 시대는 정답을 잘 찾는 인재를 필요로 하지 않는다. 자신이 어떤 것에 호기심이 있는지를 알고 그 부분을 공부해서 그 부분을 통해 누군가를 도울 수 있는지를 찾아내서 그 부분의 문제를 해결하거나 그 부분의 새로운 아이디어를 제시할 수 있기 위한 공부가 필요하다.

"공책 들고 와봐." 재영이는 공책을 들고 책상 앞에 앉았다. "스마트폰을 보기 전에 먼저 생각을 해야 돼. 그렇지 않으면 대충 검색하다가 어? 이 책 좋아 보이는데, 이거 공부하면 되겠다 싶어서 책을 구매하는데, 막상 그렇게 구매하고 나면 어때? 네가 잘 아는 것처럼 몇 번 보고 자신에게 맞지 않는다며 책을 던져버리잖아."

"그럼 어떻게 해야 하는데?"

"지금 네가 어떤 공부를 하고 싶은데?"

"음······. 영어?"

"진짜 영어가 너한테 필요한지는 물어보지 않을게. 대신 나중에 스스로 생각을 해보길 바래. 진짜 네가 필요해서 영어공부를 하려고 하는지, 아니면 그냥 영어공부하면 좋다고 하니까 영어 공부를 해야 된다고 생각을 하는지 말이야."

"알겠어. 공책에 뭘 적으면 되는데?"

"마인드 맵 알지? 공책 중앙에 영어를 적어봐. 그리고 네가 어떤 영어를 공부하고 싶은지 생각나는 대로 한 번 다 적어봐."

"알겠어. 형."

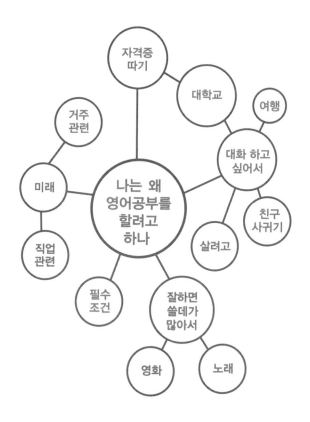

　　재영이가 적은 마인드맵이다. 여기서 가장 필요한 부분
이 뭔지 물어봤다. 여러분도 잠깐 책을 덮고 현재 자신에
게 가장 필요한 공부가 뭔지 한 번 적어보길 바란다. 적어
보고 난 후에는 그 공부가 왜 필요한지, 어떤 부분에서 부
족한지, 어떤 공부부터 하면 좋을지를 찾아보길 바란다.

03   생각해보면 돈을 안 써도 된다

많은 학생들이 공부를 하기 위해 너무 당연하게 과외를 하거나 학원에 간다. 왜? 성적을 올리기 위해서다. 어떤 과외 선생님은 귀신처럼 시험문제를 잘 집어낸다. 그 선생님이 알려준 부분만 공부를 하면 성적을 95점 이상 받을 수 있다. 시험이 끝나고 나면 부모님은 내가 받은 95점 이상의 성적표를 보며 뿌듯해하며 자녀들에게 "공부 열심히 하니 얼마나 좋니?"라고 말하며 과외 선생님께 감사의 문자를 보낸다.

그런데 진짜 학생이 받은 95점이 그 학생의 성적일까? 난 95점 받은 점수가 그 학생의 실력이라고 생각하지 않는다. 과외 선생님의 실력일 뿐이다. 제발 착각하지 말자. 만약 과외선생님이 갑자기 아프시거나 갑자기 이사 갈 일이 생겨서 과외를 못 해주게 된다면 학생의 점수는 다시 원위치가 되고 말 것이다. 그래서 과외비를 조금이라도 더 줘서라도 선생님을 붙잡으려고 한다. 성적만 잘 받으면 아무 문제가 없는 것일까?

정말 좋은 선생님이라면 시험에 나올 문제를 자기가 짚어 줄 것이 아니라 학생 스스로가 어떻게 공부하면 좋을지, 어떤 문제가 중요하다고 생각을 하는지, 스스로 생각을 해서 학생 스스로가 주도적 학습을 할 수 있도록 도와 줘야 되는 것 아닐까?

"형, 이제 어떻게 하면 될까?"

"네가 생각하기에 지금 어떤 공부가 가장 필요한 것 같아?"

"영국 영어 시험?"

"왜? 그게 가장 필요한데?"

"그냥? 아, 그런데 이건 시험 치는 기간이 있으니까 지금 안 해도 될 것 같아."

"그럼? 뭘 공부하면 좋을까?"

"음, 문법?"

"일단, 더 이상 물어보지 않을게. 그럼 문법이 필요하다고 치자. 문법 중에서 어떤 책이 필요한지 생각해봤어?"

"아니. 그냥 문법이면 되지 않나?"

"그럼, 일단 형 집에 있는 책 중에서 문법책이 있는지, 없는지 먼저 찾아봐. 형 집에만 1,000권이 넘는 책이 있잖아!"

"일단 찾아볼게."

(한참 찾다가) "형 영문법도 문법책이야?"

너무 황당했다. 아무 생각 없이 공부만 시킨 결과 우리 학생들은 정말 간단한 단어도 스스로 생각해서 그 뜻을 찾아내지 못하게 되었다.

"영문법에서 영만 빼봐. 그럼 뭐야?"

"문법! 아! 이것도 문법책이구나."

재영이는 1,000권의 책 중에서 문법책 3권을 찾아냈다. 3권의 책은 김경주 작가가 쓴 〈비밀은 동사에 있다〉, 최민석 작가의 〈오로지 대한민국에서 영어 두뇌 만들기〉, 마지막으로 신혜영 작가의 〈똥쌤의 3초 영문법〉이다.

지금 현재 자신이 어떤 공부를 해야 할지 먼저 생각해 보자. 그리고 가장 필요한 공부가 뭔지 찾아보자. 의외로 여러분이 공부하고자 생각했던 책이 집에 있을 수 있다. 우리는 아무런 생각 없이 공부를 시작하니 자신이 공부하려고 하는 분야의 책이 당연히 집에 없다고 생각한다. 만약 당신이 공부하려고 했던 분야의 책이 집에 있다면 인터넷 검색을 할 필요가 있을까? 인터넷 검색을 해서 아무 책이나 살 필요가 있을까? 이런 과정 없이 그냥 책을 구매하게 되니 쓸데없이 돈을 쓰게 되는 것이다. 조금만 생각을 해보면 돈을 아낄 수 있다. 책값 얼마 한다고 생각할 수 있지만 그 책값들이 모이면 꽤 큰돈이 된다. 생각도 마찬가지다. '생각 그게 뭐라고?' 라고 생각할 수 있겠지만 꾸준히 생각하는 습관을 들이고 꾸준히 생각을 하다보면 생각을 하는 것이 얼마나 중요한지 알게 될 것이다. 여러 분들이 자주 이용하는 페이스북도 마크 저커버그 "왜 하버드대학교는 학생들을 관리하는 시스템이 없지?"라는 생각에서 시작됐다. 그 생각을 현실화한 결과 하버드대학교 학생 관리시스템을 만들 수 있게 되었고, 이 시스템이 필요했던 이웃 고등학교, 대학교에서도 시스템을 만들어 달라는 연락을 받게 되었고, 몇 군데 만들어주다 보니 "바로 이거다!"라는 확신이 생겨 하버드 대학교를 자퇴하고 전 세계 사람들이 소통할 수 있는 페이스북을 만들게 되었다. 아직 늦지 않았다. 지금 어떤 공부가 필요한지 생각해보자. 생각해냈다면 집에 있는 책들부터 먼저 찾아보자. 집에 책이 없다면, 그때 구매해도 늦지 않다.

공부 열심히 한다고 안심하지 마세요

04 생각했던 거랑 다르잖아?

공부란 무엇일까? 공부가 무엇인지 먼저 생각을 해보자. 우리는 공부라고 하면 학교 공부, 자격증시험, 수능시험, 사법고시 시험 등 시험만 생각한다. 틀린 말은 아니지만 맞는 말도 아니다. 학교 공부와 각종 시험들은 공부라는 큰 카테고리 안에 작은 일부분일 뿐, 절대 공부의 전부가 아니다. 그런데 우리는 이것이 공부의 전부라고 생각하며 이 공부만을 하고 있다.

대학을 가기 위한 공부 = 수능

취업을 하기 위한 공부 = 스펙

이 두 가지가 전부다. 그래서 공부는 청소년이나 취업 준비생들만 하는 것이라고 생각한다. 공부란 무엇일까? 스스로 호기심을 느끼거나 좀 더 잘 하고 싶은 부분이 생겼다면 그것을 더 잘 하기 위해 책을 읽고, 동영상을 보고, 스스로 생각을 하면서 그 분야를 계발하는 게 진짜 공부 아닐까? 먼저 공부에 대해 스스로 정의를 내리길 바란다. 시험이 있어야지만 공부를 할 수 있다면 그건 진정 자신을 위한 공부가 아니다. 단지 경쟁을 통해 등수를 나누기 위한 수단일 뿐이다. 성적과 관계없이 자신이 궁금한 것이 있다면 계속 탐구하고 발전시키면서 성장하는 10대들이 필요하다.

"형, 이 영어책은 나하고는 안 맞는데?"

"왜? 네가 원하는 스타일의 책이 아니야? 네가 궁금하게 생각하는 부분이 뭔데?"

"생각해보니 문법책을 왜 봐야 되는지 모르겠어. 영어공부는 어떻게 해야 하지?"

"너 비정상회담에 나왔던 타일러 알지?"

"어, 그 사람 알아."

"그 사람은 한국말을 잘하잖아? 어떻게 공부하는지 아니?"

"어떻게 공부를 하는데?"

"문법책은 보지 않는데!"

"그럼 어떻게 공부하는데?"

"타일러가 한 인터뷰에서 한 말이야."

기자 : 한국어 공부는 어떻게 했나요?

타일러 : 외국어는 실수를 많이 하면서 배울 수밖에 없어요. 알다시피 한국어의 경우 한자어가 많은데 이 한자와 저 한자를 갖다 붙이면 합성어가 되요. 그렇다고 그냥 붙인다고 말이 다 되는 건 아니에요. 그래서 저는 계속 물어 봐요. 틀릴 수 있다는 걸 알면서도 "이 자(字)하고 이 자(字)를 합치면 이런 뜻 되지 않나요?"라고 묻는 것이죠. 그러면 상대방이 맞는지 틀리는지 가르쳐줘요. 그런 식으로 배우는 경우가 많아요. 오히려 실수를 하려고 해야 해요. 두려움을 버리고, 계속 실수를 하고 그 실수를 복기하면서 제대로 배우게 되는 것 같아요.

기자 : 사람들은 실수를 많이 두려워하잖아요?

타일러 : 그 두려움을 버려야 해요. 외국어뿐만 아니라 다른 분야에서도 필요한 사고 같아요. "틀려도 되니까 그냥 해봐라"가 필요한 것 같아요. 그래야 회의할 때 새로운 아이디어를 내고 창의적인 아이디어를 찾을 수 있지 않을까 생각해요. 틀릴까봐 말을 안 내뱉으면, 아무리 좋은 내

공부 열심히 한다고 안심하지 마세요

용이라도 영감(靈感)이 될 수가 없어요. 두려워서 말을 하지 않으면 서로 주고받는 공유가 안 이뤄지는 거죠. 새로운 정보를 찾고, 주고받고 배울 수 있고, 상상할 수 있는 기회가 그만큼 없어지는 거예요.

나도 타일러와 비슷하게 생각한다. 우리는 배움에 너무 소극적이고 '틀리면 어떻게 하지?' 라는 두려움 속에 살아가고 있다. 배움에 두려움이 생긴 이유는 뭘까? 그건 바로 주입식 교육, 자신의 실력을 점수로 평가받는데 익숙해졌기 때문이다. 단 한 번이라도 실수하면 점수는 떨어진다. 중간고사, 기말고사로 떨어진 점수는 절대 다시 올릴 수가 없다. 실수를 만회할 수 있는 기회가 주어지지 않기 때문이다.

그래서 공부 = 시험이 되는 순간 공부가 재미가 없어진다. 공부 = 호기심이 되는 순간 내가 뭘 좋아하는지? 뭘 잘하는지 등을 생각할 수 있게 된다. 그럼 그걸 공부하면 된다. 자신이 선택했던 책이라고 해서 처음부터 끝까지

다 읽을 필요가 있을까? 절대 없다. 자신에게 맞지 않다는 생각이 들면 과감하게 던져버려도 된다. 그 책이 틀렸다는 것이 아니라 그 책이 자신한테는 맞지 않다는 걸 깨달았다면 다른 책을 찾으면 그만이다. 어떤 책이든 책으로 나왔다는 것은 누군가에게 그 방법이 통하기 때문에 출판이 된 것이다. 지금 그 책이 본인에게 맞지 않다면 왜 맞지 않는지 생각해보고 자신은 어떤 책이 좋을지 진지하게 생각해 보자. 그것을 찾았다면 그대로 네이버나 구글에 검색을 하자. 거기에 가장 적합한 책들이 검색되어 나올 것이다.

05   시작했으면 끝을 봐야
된다고 배웠다

대한민국 1대 문화부 장관이셨던 이어령 교수는 "나는 책을 끝까지 다 읽어본 적이 없다. 훌훌 넘기면서 우연히 와 닿는 것이 내게 영감을 주기 때문이다."라는 말을 했다. 이어령 교수는 영감을 찾게 되면 과감하게 책을 덮었다. 김정운 교수도 자신의 빼곡한 서재의 책 중에 끝까지 다 읽은 책은 10%도 안 된다고 말했다. 그의 책 〈에디톨로지〉를 보면 이런 말이 나온다. "모든 책을 처음부터 끝까지 다 읽어야 한다면 뭣 때문에 책의 편집자가 그토록 친절한 목차를 만들까? […] 목차와 찾아보기는 주체적 독서를 위한 것이다. '주체적 책 읽기'란 왜 이 책을 읽어야 하는가에 대한 목적이 분명함을 뜻한다."

우리는 시작을 했으면 끝을 봐야 된다고 배웠다. 절대 틀린 말은 아니다. 그런데 모든 부분에서 꼭 그럴 필요는 없다고 생각한다. 스스로 생각했을 때 자신이 행복하거나 자신의 성장에 꼭 도움이 되는 것이라면 포기하지 않고 끝까지 도전해야 되지만 그렇지 않다면 끝까지 할 필요가 없다.

어렸을 때 피아노를 배워 본 적 있는가? 친구가 피아노 치는 모습을 보며 '나도 피아노 배우고 싶은데' 라는 생각을 한 적이 있을 것이다. 결국 부모님을 설득시켜서 피아노 학원을 다니게 되는데 실제로 며칠 피아노를 배워보니 생각했던 것만큼 피아노가 재미없어서 금방 실증을 느꼈던 적이 있었을 것이다. 며칠 뒤 부모님께 "저 피아노 그만 하고 싶어요."라고 말씀드리면 "시작을 했으면 끝을 봐야지. 그렇게 끈기가 없어서 어떻게 하겠어?"라는 말을 들으며 부모님께 엄청 혼나고 피아노를 그만 뒀던 적이 있었을 것이다.

그러다 태권도를 하는 친구를 보고 이번에는 태권도가 하고 싶어져서 부모님께 태권도가 하고 싶다고 말하면 대부분의 부모들은 "저번에 피아노도 며칠 하고 그만뒀잖아. 이번에는 안 돼. 하나를 진득하게 하는 게 없어요. 이번에도 제대로 안 할 거잖아!"라고 말하며 쉽게 태권도를 배우지 못하게 한다. 부모의 말이 틀린 말은 아니다. 태권도를 시작해서 흥미를 가지는 친구들도 있겠지만 몇 개월 하고 그만 두는 경우가 더 많을 것이다. 이때 몇 개월을 하게 되는 이유는 이미 그만 두고 싶었지만 부모님께 그만 둔다고 말을 하면 혼날까봐 억지로 몇 개월 다니는 경우도 있을 것이다.

뭐가 잘 못 됐을까? 난 어렸을 때 시행착오를 겪으면서 많은 경험을 해 봐야 된다고 생각을 한다. 태권도를 며칠 하고 그만뒀다면 오히려 좋은 것 아닌가? '태권도 배우면 어떨까?'라는 생각은 하지 않아도 되니 말이다. 그 대신 '나한테 맞는 건 뭘까?'를 계속 생각해보면서 이 경험, 저 경험을 통해 자신이 뭘 좋아하는지 찾을 수 있게 되지 않을까? 끈기가 없다고 뭐라고 하기 전에 자신의 아이를 제대로 관찰해서 우리 아이는 뭘 하면 끈기 있게 할 수 있을까를 찾아주는 것이 부모의 역할이라고 생각한다.

"형 게임은 나쁜 거야?"

"그럼 나도 하나만 물어볼게. 공부는 좋은 거니?"

"좋지 않을까?"

"왜?"

"음……."

"그럼 내가 너한테 물어볼게. 게임은 왜 나쁘다고 생각해?"

"게임을 하면 절제가 되지 않잖아. 10분만 하려고 했는데 게임을 하다보면 몇 시간을 하게 되잖아."

"그럼 공부도 10분 하려고 했는데 하다 보니 공부를 몇 시간이나 했어? 그럼 공부도 나쁜 거 아니야?"

"아니지. 공부는 삶에 도움이 되는데, 게임은 그렇지 않잖아?"

"진짜 그렇게 생각해? 너 'LOL' 이라는 게임 알지? 거기 페이커라는 프로게이머가 있잖아? 그 친구한테는 게임이 공부이지 않을까?"

"어? 그런 생각은 안 해봤는데 그건 그렇겠지?"

"먼저 '공부는 좋은 것이고 게임은 나쁜 것이다' 라는 생각에서 시작하면 안 돼. 만약 게임이 나쁘다고 생각을 한다면 프로게이머라는 직업이 이 세상에 존재하면 안 되겠지?"

"그러네. 그럼 어떻게 생각을 해야 되는데?"

"공부든, 게임이든 일단 객관적으로 판단해야 돼. 내가 좋다, 나쁘다 생각을 하는 순간 그쪽으로만 생각을 하게 되니까. 대부분의 부모가 게임을 나쁘게만 생각을 하니 네가 게임을 하기만 하면 뭐라고 하는 거야. 그런데 페이커의 부모님은 페이커를 보면서 이제 게임 좀 그만 하라고 할까? 아마 더 열심히 하라고 할 거야."

"그건 그러네. 알 것 같으면서도 너무 어렵다. 조금만 더 이야기 해 줄 수 있어?"

공부라는 개념을 달리 해야 된다. 공부도, 게임도 그 자체는 절대 나쁜 것이 아니다. 그걸 하는 사람들이 어떻게 활용을 하느냐에 따라서 좋을 수도 있고 나쁠 수도 있는 것이다. 게임도 어떻게 활용하느냐에 따라서 프로게이머나 게임제작자가 될 수도 있고, 공부도 어떻게 활용하느냐에 따라서 고스펙 취업준비자로만 살아갈 수도 있다. 다시 말하지만 공부를 학교 공부, 대학 공부로만 생각하면 안 된다. 이 생각을 먼저 버려야 된다. 공부의 개념을

넓히자. 축구선수한테는 축구가 공부다. 한국 축구의 전설 중의 한 명인 박지성 선수는 비오는 날에도 축구 연습을 했다고 한다. 그러자 주변에서 비오는 날 축구 연습을 한다며 미쳤다고 했을 때 박지성 선수는 "시합 때 비가 오면 어떻게 하죠? 그때 축구시합 안 할 건가요?"라고 답했다. 비오는 날 혼자 축구 연습을 하면서 비올 때는 그라운드 상태가 어떤지, 비올 때는 패스 강도를 어떻게 해야 하는지, 비올 때는 얼마나 빨리 지치는지 등을 파악했던 것이다. 이것도 난 공부라고 생각을 한다.

어떤 분야든 객관적으로 판단해보면 분석이 가능해진다. 그때 자신의 부족한 부분을 찾을 수 있다. 그 부분을 찾아서 공부하자. 여러분이 공부해야 할 분야는 어떤 분인가?

06 내가 정한 목표 vs 부모(세상)가 정해준 목표

데카르트는 "나는 생각한다. 고로 존재한다."라는 말을 했다. 당신은 생각하기 때문에 존재하는가? 아니면 존재하기 때문에 생각한다고 착각하는가? 대부분의 학생들이 자신은 생각하며 살아가고 있다고 착각하고 있다. 착각인지 진짜 생각하고 있는지 알아보자.

아침에 일어나면 씻고 어디에 가는가? 학교에 갈 것이다. '오늘 1교시는 뭐지?'라고 생각하면서 학교에 가겠지만 내가 아무리 생각을 한다고 해서 1교시가 바뀌지 않는다. 선택된 사실이 뭔지 기억해내는 것뿐이다. 1교시가 수학시간이라면 뭐가 필요할까? 내가 필요하고 부족한 수학을 생각해서 공부하는가? 절대 아니다. 학교에서 정해준 범위, 숙제, 준비물을 챙겼는지 기억해낼 뿐이다. 오늘 학교를 마치고, 수학 복습을 하거나 수학 숙제를 하기로 결정했다고 해서 그것도 생각을 한 것이 아니다. 숙제는 정해진 것이고, 학교 시험을 잘 치기 위해 어쩔 수 없이 해야 하는 선택이다.

학교를 마치면 자연스럽게 어디로 가는가? PC방 아니면 학원에 간다. 학원에 간 친구 중에 '내가 나중에 공학자가 될 것이기 때문에 공학자가 되기 위해 이 부분이 부족하니 이 부분을 공부하기 위해서 학원에 가는 거야!' 라고 생각하는 친구가 있을까? 없다. 그냥 학원에 간다. 이 친구들이 성적을 잘 받아서 좋은 대학에 간다고 목표를 이룰 것일까? 진짜 우리 학생들이 하고 싶은 일, 해야 될 일이 있지 않을까? 그것을 생각할 시간이 필요하고, 생각을 연습할 시간이 필요하다.

"재영아, 산책하러 갈까?"

"그럴까?"

"산책하고 점심 때 뭐 먹을까?"

"아무거나 먹어도 상관없어!"

"오늘 분식 먹을까?"

"뭐 괜찮은 거 같은데?"

"재영아, 네 생각은 없어?"

"어? 진짜 아무거나 먹어도 되는데?"

"그게 아니라 점심 선택하는 거 어렵지?"

"응, 어려워."

"그런데 그 어려운 결정을 왜 나한테 미루는 거야? 점심 선택하는 그 작은 것조차 생각하지 않고 스스로 선택하지 않는데, 도대체 생각은 언제 하는 거야?"

"어? 그럼 지금, 생각해 볼게. 근데, 아 생각하는 거 너무 어렵다."

"처음에는 어려운데 계속 생각 하다보면 생각하지 않고 사는 것보다 훨씬 편해 질 거야. 재영아, 아직도 대만에 있는 대학 가고 싶어?"

"아니, 이제 미국에 있는 대학에 가고 싶어!"

"미국? 왜 갑자기 미국이야?"

"어? 그냥 미국대학이 가고 싶어!"

"그럼 미국에 뭐 공부하러 가고 싶은데?"

"그건 아직 생각 안 해봤는데? 그냥 안 가는 것보다 미국 대학가는 게 기회가 더 많아지지 않나?"

재영이의 목표는 대만에 있는 대학에서 미국에 있는 대학으로 변경되었다. 미국에 가면 뭐가 좋을까? 미국에 가는 것이 나쁘다는 것이 아니다. 스스로 생각해봤을 때 합당한 목표와 이유가 있다면 자신 있게 이야기할 수 있었을 것이다. 먼저 자신을 설득시킬 수 있어야 된다. 자기 자신도 설득을 못 시키는데 누굴 설득시킬 수 있겠는가! 스스로 생각을 하지 않으면 절대 자신을 설득시킬 수 없다.

자녀가 "나 미국에 있는 대학 가려고 해요."라고 말하면 많은 부모들이 뿌듯해한다. '우리 자녀가 목표를 높게 잡았구나. 그래 좀 더 큰 곳에서 공부하면 일단 영어라도 잘 배우고 오겠지' 라는 생각을 한다. 하나라도 잘하는 게 많아지면 무조건 좋다고 생각을 하는데, 정말 잘하는 게 많다고 좋은 것일까? 난 절대 아니라고 생각한다. 우리나

공부 열심히 한다고 안심하지 마세요

라 청년들은 고 스펙 사회에서 살고 있다. 스펙은 그 어느 세대보다 뛰어난데, 그 스펙을 가지고 어디에 어떻게 활용할지를 생각해보지 않는다. 또한 스펙을 제대로 활용해 본 적이 없기에 스펙을 활용할 줄도 모른다. 그렇다면 그 스펙은 있는 것일까? 아니면 없는 것일까?

재영이는 나에게 "뭐든 열심히 하면 일단 좋은 거 아니야?"라는 질문을 했다. 맞는 말인 것처럼 보이지만 난 이 말도 틀렸다고 생각한다. 만약 내가 배를 타고 일본에 가길 원한다면 동쪽으로 열심히 노를 저어야 한다. 그런데 정말 최선을 다해 서쪽으로 노를 젓는다고 일본에 도착할 수 있을까? 내 꿈이 축구선수인데, 농구 연습을 하루에 10시간씩 열심히 했다고 잘 하고 있는 것일까? 절대 아니다. 무조건 많이 배우는 것이 중요한 것이 아니다.

스스로 목표를 돌아보며 '난 어떤 일을 하기 위해 공부를 해야 할까?' 를 생각해보고 그에 맞게 공부를 하는 것이 가장 중요하다. 지금 자신이 책상에 앉아서 뭐든 열심히 하고 있다고 안심하지 말자. 특히 부모들은 그런 자녀들의 모습을 보며 뿌듯해하지 말자. 잠깐 공부를 멈추더라도, 우리 자녀가 멍하게 앉아 시간을 낭비하는 것처럼 보이더라도 그 시간이 필요하다.

생각은 게임 'LOL'과 같다. 처음부터 'LOL'을 잘하는 사람은 없다. 'LOL'을 처음 했을 때 '재미없는데? 이걸 왜 하지?'라는 생각을 했을 것이다. 그런데 몇 번 하다 보니 왜 하는지 이유를 알게 되고 하다 보니 점점 실력이 쌓이면서 재미를 느끼게 됐을 것이다. 생각도 롤과 같다. 처음에는 어렵지만 어렵다고 포기하지 않고 하루에 5분씩이라도 생각 하다보면 생각 근육이 생겨 생각하는 게 습관이 생길 것이다.

'나는 생각한다. 고로 나는 나의 길을 가기 위해 존재한다.'

07   일부러? 일부로?

"형 일부러가 맞아? 일부로가 맞아?" 당신은 뭐가 맞다고 생각하는가? 이런 질문을 받으면 사람들은 뭐가 맞을지 생각을 한다. 그리고 "이게 맞지 않을까?"라고 답을 던진다. 두 가지 중에 답이 하나만 있다고 생각하기 때문이다. 우리 사회는 뭐든 양자택일에 익숙해져 있다. 학교 시험을 치더라도 오지선다 중에 정답이 여러 가지 있을 경우 답이 몇 개라고 알려주지 않으면 자신이 생각하기에 정답이 3개인데도 그 중에서 가장 답에 가까운 한 가지만 찾으려고 한다.

다시 처음으로 돌아가서 일부러가 맞을까? 일부로가

맞을까? 나도 솔직히 몰랐기에 재영이한테 모른다고 대답을 했다. 그리고 네이버에 검색을 해봤더니 일부러와 일부로 둘 다 맞는 표현이었다. 궁금하다면 네이버에 스스로 검색해보길 바란다. 우리는 사실은 생각하고 생각은 추측하며 살아가고 있다. 사실은 생각할 필요가 없다. 검색을 통해 찾으면 그만이다. 그런데 생각은 절대 추측을 하면 안 된다. 세상에 '그럴 걸?', '아마도' 라는 말은 없다. 자신의 생각을 말할 때 가장 먼저 "내 생각에는 말이야." 이 말부터 하자.

"저 가게 아침에 시락국밥 새로 하게 되었다고 붙여놨잖아? 어떻게 생각해?"

"시락국밥도 먹을 수 있게 되었으니 좋은 거 아니야?"

"돼지국밥만 팔던 집에서 갑자기 아침에만 시락국밥을 팔아? 만약에 돼지국밥만 팔아도 장사가 잘 됐으면 굳이 시락국밥을 팔까?"

"아니, 아! 장사가 되지 않으니까 그런 거구나."

"형은 언제부터 그렇게 생각이 많았어?"

"나 초등학생 때부터?"

"초등학생 때부터? 생각 많이 하면 피곤하지 않아?"

"생각하면 피곤할 것 같지? 오히려 더 편해진다."

"왜? 그런 거야?"

"생각이 없을 때는 정보가 많아지면 어떤 선택을 해야 할지 모르게 돼. 그렇게 되면 다 버릴 수가 없어서 이것저것 다 하게 되지. 대신 간단하게라도 생각을 하게 되면 수많은 정보 중에서 내가 필요한 정보만 선택할 수 있게 돼."

"그게 무슨 말이야?"

"너 돈가스만 파는 전문점에서 돈가스를 먹고 싶어, 돈가스도 파는 집에서 돈가스를 먹고 싶어?"

"당연히 돈가스만 파는 곳이지."

"너 중국집에서 자장면, 짬뽕, 탕수육 보통 이것만 시키지? 네가 중국집에 갔어, 그런데 딱 이 세 메뉴만 있어. 그럼 어떤 생각이 들까?"

"이 세 메뉴는 진짜 맛있겠다는 생각?"

"그래. 그거야. 김밥천국도 아니고 오히려 메뉴가 많으면 메뉴판 보면서 뭘 선택해야 할지 몰라 머리가 아파져. 정보가 많으니 오히려 피곤해지는 거지."

"무슨 말인지 이제 알겠다. 그래도 여전히 생각하는 건 어려운 것 같아!"

초등학생 때 학원에서 공부를 하다 보니 이런 의문이 들었다. '학교에서 배운 걸 왜 학원에서 또 배워야 하는 거지?' 그리고 내가 학원에 다니고 있는 이유에 대해 생각을 해봤다. 답은 하나였다. '학교 성적을 올리기 위함이었다.' 또 생각을 해봤다. 내가 학교 성적을 왜 올려야 하지? 좋은 중학교에 가기 위해? 좋은 중학교에 가고 나면? 좋은 고등학교에 가기 위해? 좋은 고등학교 가고 나면? 좋은 대학에 가기 위해? 좋은 대학에 가고 나면? 좋은 곳에 취업하기 위해? 이 생각을 하고 나니 결론이 나왔다. '난 누구 밑에서 일하고 싶지 않아!'

다음으로 내가 왜 학교 공부에 흥미가 없었는지를 생각해봤다. 생각해보니 난 공부가 싫었던 것이 아니다. 학교 공부가 싫었을 뿐이다. 학교 공부가 왜 싫어졌을까? 난 어렸을 때부터 호기심이 정말 많았다. 수업을 듣다보면 궁금한 부분이 생길 때가 있었다. 그때 선생님께 질문을 하면 "쓸데없는 것 좀 그만 물어봐. 시험에 안 나오니!"라는 말을 많이 들었다. 이런 대답을 하는 선생님이 신기했다.

'배움이란 내가 모르는 부분을 알기 위해서 하는 거 아닌가? 그냥 시험만 치기 위해서 배운다면 무슨 의미가 있을까?' 솔직하게 생각해보자. 시험 끝나자마자 신기하게 배웠던 내용이 기억난다. 시험 때는 그렇게 생각 안 났던 문제가 말이다. 그런데 중간고사 끝나고 몇 주가 지나고 난 후 배웠던 내용이 기억나는가? 그냥 딱 시험 쳐서 성적을 내기 위한 공부다. 그런 공부가 필요할까? 이 이야기를 어머니께 해드렸더니 감사하게도 어머니께서 "그럼, 학원 다니지 마!"라고 말씀해주셨다.

"어머니 제가 학교 공부를 해야 할 이유를 찾게 되면 그 때 학원 안가고 학교 공부만으로 열심히 공부할게요!" 그 뒤로 난 학원이라는 곳에 다시 가 본 적이 없다.

어머니와 셋이서 산책을 하게 된 날, 어머니께서 재영이에게 이런 말을 했다. "형 키우는데 돈이 진짜 안 들었어. 형은 궁금한 게 있으면 책 한권을 사서 혼자 공부했지 절대 학원은 가지 않았어. 대신 흥미가 없으면 거기서 끝이지만. 그래서 아직 영어공부를 안 해."

진짜 내가 하고 싶은 공부를 한다면 시간표를 세워서 공부 할 필요가 있을까? 예습했는지, 숙제는 했는지 검사 할 필요가 있을까? 누가 시키지 않아도 자기가 알아서 눈 뜨자마자 그 일부터 할 것이다. 그래서 난 지금 눈 뜨자마 자 이 글을 쓰고 있다. 이 글을 빨리 완성시켜서 재영이에 게 선물해주고 싶기 때문이다.

난 초등학생 때부터 일부러 생각을 했다. 내가 일부러 생각을 한 이유는 내가 없어도 돌아가는 회사의 대체가능 한 하나의 부속품이 되고 싶지 않았기 때문에 일부로 한 선택이다. 생각해봐라. 모든 회사들이 매 년 신입사원을 작게는 몇 명에서 많게는 몇 천 명을 뽑는다. 몇 천 명까 지 뽑는 이유가 뭘까? 내가 아니더라도 그 일을 할 수 있 는 사람이 최소 몇 천 명이 있기 때문이다. 일부가 되고 싶지 않다면 지금부터 일부러 생각을 시작하자.

08 사실은 추측하고 생각은 물어보는 세대

여러분들은 사실과 생각의 차이를 아는가? 사실은 팩트다. 김종민의 〈뇌피셜〉을 보면 답이 있는 질문에 궁금증이 생기면 팩트체크를 통해 뭐가 사실인지 확인을 한다. 팩트는 추측할 필요가 없다. 답이 나와 있기 때문이다. 백두산의 높이는 몇 m일까? 만약 여러분이 백두산의 높이를 모른다면? 네이버에 검색을 해보면 된다. 그런데 대부분의 사람들이 "한 2500m 정도 되지 않을까요?"라고 추측을 하며 답을 한다. 모르면 모른다고 이야기를 하고 찾아보자. 방금 네이버에 백두산 높이를 검색해보니 2,750m라는 정확한 답을 얻을 수 있었다.

반대로 '내일 뭐하지?' 라는 질문은 일정이 정해져 있다면 사실을 확인하기 위한 질문이지만 내일 뭐해야 될지 정해져 있지 않다면 여러분의 생각을 알기 위한 질문이다. 내일이 공휴일이라면 여러분은 뭘 하겠는가? 내일 뭐하면 좋을지 친구나 네이버에 물어보고 있지는 않은가? 친구가 PC방에 간다면 "그럼 나도 같이 갈까?"라고 당신의 생각을 타인에게 양도하고 있지 않은가?

"형, 나 목표가 생겼어."

"오?! 좋은데, 목표가 뭔데?"

"형 이야기를 듣다보니 다양한 경험이 필요한 것 같아서 여행가고 싶어졌어."

"좋은 생각이네."

"형, 국내여행이 좋을까 해외여행이 좋을까?"

"그걸 왜 나한테 물어봐?"

"형은 여행을 많이 갔다 왔잖아."

"그건 사실인데, 네가 어떤 스타일의 여행을 원하는지 나는 모르잖아? 그렇게 물어보면 무조건 해외여행이 좋지. 왜냐하면 한국이 아름다운 건 사실이지만 한국은 지구에서 극히 작은 나라야! 세상에는 미국, 영국, 프랑스, 케냐, 캄보디아, 호주 등 수많은 나라가 있는데 그 나라 전체를 합친 것보다 한국이 좋겠어?"

"아, 그건 그러네."

"차라리, 형 내가 조용한 곳을 여행하고 싶은데 어디가 좋아라고 물어보면 내가 여행 갔던 곳 중에서 조용한 곳을 추천 해줄 수 있잖아? 질문을 좁혀봐. 그렇게 하기 위해서는 스스로 생각을 해봐야겠지. '난 어떤 스타일의 여행을 가고 싶은 걸까?', '내 통장에는 현재 얼마의 돈이 있는가?' 그 모든 것들을 생각

62

공부 열심히 한다고 안심하지 마세요

해봤을 때 갈 수 있는 곳을 생각해봐야겠지."

재영이한테 대답을 하거나 질문을 하기 전 3초만 생각하고 질문 해달라고 부탁을 했다. 3초 동안 무슨 생각을 하면 좋을까? 지금 하려고 하는 질문 나에게 해야 할지, 아니면 타인에게 물어봐야 답을 얻을 수 있는 질문인지를 먼저 생각해보자. 생각을 하고 질문을 던졌다고 생각하기 쉬운데 3초만 생각해보면 대부분의 질문이 타인에게 던질 질문이 아니라 자신에게 던져야 하는 질문이라는 것을 알 수 있다. 중요한 질문 중에는 스스로 답을 얻어야 하는 질문이 많다.

내가 스스로 생각을 해서 학원이 필요 없다는 결과를 얻게 되자 나의 생각을 어머니께 솔직하게 이야기 해드렸다. 스스로 답을 찾는 건 쉽지 않다. 끈기와 인내가 필요하다. 솔직히 귀찮은 것도 사실이다. 그냥 편하게 살면 좋지 않을까? 귀찮기 때문에 생각하는 것이 불편하다고 생각 할 수 있는데 그건 정말 큰 착각이다. 내가 생각이 없었다면 난 어떻게 됐을까? 고3까지 약 6년 동안 학원이라는 곳에서 시간을 보냈어야 한다. 그런데 잠깐 생각을 하고 그 생각을 정리해서 어머니께 전달한 결과 오히려 선택권이 나에게 넘어왔고, 그 뒤의 시간들을 더 자유롭게 사용할 수 있게 되었다.

사촌동생은 나에게 이런 말을 했다. "대학은 가고 싶은데 고등학교는 다니고 싶지 않아." 이 말에 나의 답변은 "고등학교를 다니지 않은 상태에서 미국에 있는 대학에 간 경우는 없을까?"였다. 고등학교를 다니고 싶지 않다면 왜 억지로 고등학교를 다니고 있는가? 인생에 단 한 번 밖에 없는 아까운 10대의 시간을 낭비하고 있는 것 아닌가. 그 생각을 현실로 만들고 싶다면 사실 확인부터 해야 한다. 네이버, 구글에 검색을 해보자. 검정고시를 쳐서 미국 대학에 간 경우가 있는지 없는지! 있다면 어떻게 하면 될까? 그 사람에게 연락할 수 있는 방법을 찾아내서 그 사람에게 정보를 얻으면 된다. 만약 없다면? 불가능해서 없는 것인지, 아무도 도전을 안 해서 없는 것인지 찾아보면 된다. 만약 절대 불가능한 것이라면 어쩔 수 없이 고등학교를 졸업해야 한다. 목표를 위해서 하기 싫은 것도 해야 할 필요가 있기 때문이다.

만약 가능한 방법이 있다면? 재영이가 그 방법으로 도전을 해서 성공을 한다면 처음으로 그 방법을 성공한 사람이 된다. 그렇게 된다면 재영이는 비슷한 고민을 하고 있는 사람들의 좋은 멘토가 되어줄 수 있을 것이고, 대한민국 청소년들에게 새로운 길을 보여준 10대들의 핫한 인싸가 될 수도 있다. 이 방법을 알려주는 일을 해도 괜찮은 수입을 벌 수 있을 것이다. 그렇게 되면 새로운 일자리를 창출하는 것 아닌가! 이 돈으로 학비를 충당하고 미국에서 쓸 용돈까지 벌수도 있다.

코로나 바이러스로 인해 학교 개학이 연기가 된 것은 재영이한테 행운이라고 생각을 한다. 그런데 그 행운이 재영이한테만 적용되는 것이 아니라고 생각을 한다. 그 행운은 나에게도 왔다. 사촌동생이 우리 집에 오지 않았다면 이 주제로 책을 쓸 생각을 하지 못 했을 것이다.

재영이가 우리 집에 머무르는 동안 학교가 없으면 공부를 못하는 존재가 아닌 좋아하는 걸 스스로 찾고 좋아하는 것을 개발하기 위해 꾸준히 공부할 수 있는 존재가 되었으면 좋겠다. 마지막으로 코로나 바이러스로 인해 행운을 얻게 된 또 다른 사람은 바로 여러분이다. 여러분들도 이 책을 통해 제대로 공부하는 법을 배울 수 있길 바란다. 그럼 이제 제대로 공부하려면 어떻게 해야 하는지 같이 알아보러 가볼까?

Part 2

제2장

제대로 공부하려면

01 오늘 꼭 해야 할 일

사람은 정말 하루아침에 바뀔 수 없을까? 여러분이 불가능하다고 생각한다면 생각 그대로 불가능해질 것이고 가능하다고 생각을 한다면 생각대로 충분히 가능한 일이 될 수 있다. 만약 여러분이 하루도 빠짐없이 지각을 했던 사람이라고 치자. 만약 내일 아침 학교가 아니라 스위스로 가기 위해 공항에 가야 된다고 가정해보자. 여러분은 비행기를 탔을까? 놓쳤을까? 100퍼센트 장담하긴 어렵겠지만 당신이 지각을 밥 먹듯이 하던 사람이라도 아마 비행기가 출발하기 전 공항에 도착할 수 있었을 것이다. 왜 그럴까? 스위스는 여러분이 진짜 꿈에 그리던 여행이기 때문이다.

반대로 여러분이 매일 지각을 하는 이유는 뭘까? 가고 싶지 않은 학교를 억지로 가고 있기 때문이다. 여러분이 정말 공부하고 싶은 것을 학교에서 가르쳐 준다면 지금보다는 지각을 덜하면서 즐겁게 학교에 갈 수 있게 되지 않을까?

재영이는 올해부터 이상하게 뭔가 다른 삶을 살고 싶어졌다고 했다. 다른 삶을 살고 싶었지만 딱 거기까지였다. 어떻게 해야 할지 몰라 못한 것도 사실이지만 그것을 알기 위해 어떤 노력을 하지 않은 것도 사실이다. 여러분은 지금 이루고 싶은 꿈이 있는가? 그 꿈을 이루기 위해 지금 어떤 공부를 하고 있는가?

"재영아, 며칠 너랑 같이 지내보니까, 너희 아빠가 왜 네가 안 변했다고 말하는지 이유를 알겠어. 잠만 자고 아무것도 안 하고 있잖아!"

"어? 뭘 해야 할지 모르겠어."

"그럼, 형한테 물어보면 되잖아? 그냥 잠만 잘 거야? 공책 있어?"

"응, 가방에 있어."

"그럼, 공책 갖고 내 앞에 앉아봐!"

"공책 가지고 왔어. 이제 뭘 하면 되는데?"

"공책에 네가 오늘 해야 할 일들을 한 번 적어봐."

"예를 들면?"

"네 꿈이나 목표를 이루기 위해 꼭 해야 할 일들을 적으면 돼!"

"알겠어!"

초등학생을 상대로 글쓰기 수업을 한 적이 있었다. 수업 중 학생들에게 "너희들은 꿈이 뭐니?"라는 질문을 한 적이 있다. 그중 경찰이 꿈이 친구가 있었다. 그 친구에게 "왜 경찰이 되고 싶니?"라고 물었더니 도둑을 잡고 싶기 때문이라고 했다. 그 학생에게 "우리나라에서 도둑을 가장 많이 잡은 경찰은 누구일까?"라고 질문을 했더니 수업을 듣고 있던 모든 학생들이 "그걸 어떻게 알아요."라고 답했다. 진짜 이걸 알 수 없을까?

우리나라에서 가장 축구를 잘 하는 사람은 누구일까? 이 질문에는 모든 학생들이 "손흥민이요."라고 답했다. 축구는 대중적이고 많은 매체에서 보도를 해주기 때문에 쉽게 얻을 수 있는 정보이기 때문에 축구선수가 꿈이 아니더라도 바로 '손흥민'이라고 답을 할 수 있었을 것이다. 여러분은 우리나라에서 도둑을 가장 많이 잡은 경찰이 누군지 아는가? 나도 사실 모른다. 그런데 경찰이 꿈인 학생이라면 네이버에 검색이라도 한 번 해봐야지 않을까? 검색을 해보니 1972년 중앙일보 신문에 서울 시내에서 가장 도둑을 많이 잡은 경찰관이 이강덕 순경이라고 나왔다. 이강덕 순경은 1~9월까지 혼자서 76명의 도둑을 잡아 96건의 도난 사건을 해결했으면 이 가운데 72명을 구속시켰다고 한다.

그리고 그 학생에서 도둑 잡는 경찰이 되기 위해 어떤 공부를 하고 있는지 물었다. 그 학생은 당황만 할뿐 어떤 대답도 하지 못했다. 도둑을 잡기 위해 체력도 쌓고, 달리기 연습도 하고, 경찰관들이 쓴 책도 읽으면서 경찰들이 어떻게 살아가는지 미리 알면 좋지 않을까?

막연하게 경찰이 되고 싶다고 말하지 않았으면 좋겠다. 어떤 경찰이 되고 싶은지 생각해보자. 막연하게 경찰이 되는 게 꿈이 되면 경찰이 되는 순간 꿈을 이루게 된다. 그때 나이가 30살이라면 30살 이후의 삶이 얼마나 무기력해질까? 이미 꿈을 이뤘기 때문에 형식적으로 경찰생활을 하게 될 것이다. 막연한 경찰 대신 '선한 경찰', '세상에 빛을 전하는 경찰'과 같이 어떤 경찰이 되고 싶은지 생

공부 열심히 한다고 안심하지 마세요

각해보자. 세상에 빛을 전하는 경찰이 꿈이라면 세상에 빛이 꺼진 곳이 남아 있는 한 죽을 때까지 꿈을 이루며 살 아갈 수 있지 않을까?

여러분들도 꿈을 위해 목표를 위해 오늘 꼭 해야 하는 일을 적어보자.

＊생각나는 대로 다 적어보자

02　　4 단계로 자신의 상태를 파악하자

　　드와이트 D. 아이젠하워 대통령을 아는가? 아이젠하워 대통령은 1952년 공화당 후보로 대통령에 출마하여 당선됨으로써 1953년 한국 전쟁 휴전 조약을 이끌어낸 인물이다. 선거 운동 당시 한국 전쟁의 장기화 우려를 불식시키기 위하여 "제가 대한민국에 가겠습니다."라는 말을 했고 실제로 당선 직후 대한민국을 방문했다. 아이젠하워 대통령은 "공산군의 침략으로 말미암아 황폐해졌던 대한민국이 부흥되어 가고 있는 모습을 눈으로 직접 보기 위해 앞으로 한국을 방문할 예정이라고 말했었는데, 실제로 1960년에 다시 한국을 방문했다. 1960년의 방문은 미국의 대통령 신분으로는 최초의 방문이었다.

아이젠하워 대통령은 바쁜 와중에도 약속을 지킬 수 있었던 이유는 뭘까? 아이젠하워 대통령은 시간 관리의 달인이었다. 심지어 그가 만든 시간 관리 기법도 있다. 그 기법을 〈아이젠하워 시간관리 매트릭스〉라고 부른다.

"재영아? 오늘 해야 할 일들 적어봤어?"

"응, 분류해봤어."
"그럼 그것들을 4가지로 분류해볼래?"

"어떻게 분류하면 되는데?"

"일단 공책에 4칸을 만들어봐. 위에서 왼쪽 칸에는 네가 해야 되는 일 중에서 중요하지만 급하지 않은 일을 적어보고 위에서 오른쪽 칸에는 중요하면서 긴급한 일을 적어봐. 그리고 밑에서 왼쪽 칸에는 중요하지도 않으면서 급하지도 않은 일을 적어보고 밑에서 오른쪽 칸에는 중요하지 않지만 긴급한 일을 한번 적어봐."

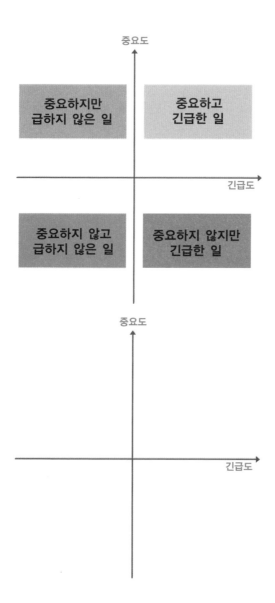

공부 열심히 한다고 안심하지 마세요

잘 생각해보고 제대로 분류를 해보자. 지금 가장 먼저 해야 할 일은 뭘까? 중요하면서 급한 일이다. 중요하면서 급한 일이 뭐가 있을까? 대학에 꼭 가야 하는 학생이라면 내일 치게 될 기말고사가 급하면서 중요한 일이 될 것이다. 나에게 중요하면서 급한 일은 며칠 뒤에 강연을 해야 하는데 강연 준비를 하지 못 했을 때다. 중요하면서 급한 일이 생기는 경우는 갑자기 중요한 일이 생겼을 수도 있지만 미리미리 준비하지 않고 게으름을 피웠기 때문이다. 이때는 계획할 필요도 없다. 생각은 그만하고 즉시 바로 시작하면 된다. 그렇다면 두 번째로 해야 할 일은 뭘까? 중요하지만 급하지 않은 일이다. 중요하지만 급하지 않은 일에는 뭐가 있을까? 운동하기, 독서하기, 영어 회화 공부하기 등이 있다. 당장에 급하지 않지만 장기적으로 봤을 때 성장을 위해 가장 중요한 영역으로 이 영역은 전략적 계획과 기한 설정을 통해 체계적인 관리가 필요하다. 예를 들면 '3년 동안 매 달 4권의 책을 읽겠다.', '건강을 위해 6개월 안에 5Kg을 감량하겠다.' 등 구체적인 목표가 필요하다. 그 다음으로 해야 할 일은 중요하지 않지만 급한 일이다. 중요하지 않지만 급한 일에는 갑자기 친구가 PC방 가자고 할 때, 엄마가 갑자기 심부름 시켰을 때, 등과 같은 일들을 말한다. 거절할 수 있는 이유가 있다면 거절하면 좋겠지만 첫 번째, 두 번째 해야 할 일들을 모두 끝냈다면 해도 상관없는 일들이다. 그렇다면 절대 하지 말아야 할 일은 뭘까? 그건 바로 급하지도 중요하지도 않은 일이다. 급하지도 중요하지 않은 일에는 뭐가 있을까? 과도한 TV시청, 몇 시간째 보고 있는 페이스북, 밤새도록 보는 유튜브 등이다. 머리를 잠깐 식히거나 꼭 필요한 부분이 있을 때 보는 건 좋지만 아무생각 없이 하루 종일 보게 된다면 여러분의 귀중한 시간을 잡아먹는 것들이다. 이쪽 영역은 과감하게 버리자!

공부 열심히 한다고 안심하지 마세요

03   실제로 내가 하고 있는 일

자신의 행복한 삶을 위해 제대로 공부하고 있는가? 여러분들이 생각했던 대로 매일 실천을 하고 있다면 제대로 공부를 하고 있는 것이다. 포기하지 않고 매일 한다면 여러분은 꿈을 이룰 수 있다. 그런데 문제는 여기에 있다. 과연 내가 알고 있는 목표와 실제로 내가 하고 있는 일이 일치하고 있는가?

"재영아, 이번에는 네가 며칠 동안 어떻게 시간을 보냈는지 한 번 적어봐."

"내가 며칠 동안?"

"우리 집에 온지 3일 정도 됐잖아? 3일 동안 실제로 내가 하고 있는 일들을 하나도 빠짐없이 적어봐."

"어……? 알겠어……."

자신이 어떻게 살고 있는지 객관적으로 파악하는 일은 무엇보다 중요하다. '왜 난 운동을 못 하지?'라고 생각을 한 적이 있는가? 여러분이 운동을 못 하는 이유가 운동신경이 타고나지 않았을 수도 있지만 객관적으로 파악해보면 '내가 운동을 잘 하기 위해 연습을 한 적이 있나?'를 생각해보면 된다. 생각해보면 생각만 했지, 실제로 운동을 잘 하기 위해 연습을 한 적이 거의 없었을 것이다.

한 달에 4 권의 책을 읽고 싶은가? 한 달이 30일이라고 생각했을 때 한 달에 4권의 책을 읽기 위해서는 7.5일에 1권은 읽어야 된다. 즉 일주일에 한 권은 읽어야 된다. 일주일에 250페이지 되는 책을 읽기 위해서는 하루에 약 35페이지 정도는 읽어야 된다. 그럼 하루에 30분 정도는 독

서를 해야 된다는 말이다. 이렇게 하고 있는가? 일단 먼저
자신이 하루를 어떻게 보내고 있는지 먼저 적어보고 다시
이야기하자.

＊ 실제로 내가 하고 있는 일들

----

04 내가 실제로 사는 모습 vs
내가 생각했던 모습

여러분이 실제로 사는 모습과 생각했던 모습이 일치 하는가? 일치 한다면 더 이상 이 책이 필요 없을 것이다. 자신을 믿고 그대로 실천을 하면 된다. 그런데 실제 사는 모습과 생각했던 모습이 일치하지 않다면? 더 이상 남 탓은 그만 하자. 여러분들이 제대로 공부를 못 한 것은 그 누구의 탓도 아니었다. 스스로를 돌아보지 못했기 때문에 현재 제대로 된 공부를 하지 못하고 있었던 것이다. 이제 이런 저런 핑계는 그만!

"어때? 실제로 네가 사는 모습과 네가 생각했던 모습과 일치하니?"

"일치 하는 부분도 있는데, 아닌 부분도 있네."

"네가 적은 거 한 번 보여줄래."

"자, 여기 있어!"

"아니, 중요하면서 급한 일이 영어공부, 생각하기, 대화하기인데 실제로 하고 있는 건 하나도 없네?"

"영어교재는 학교에 있고(코로나 바이러스로 개학이 연기되면서 책을 놔두고 바로 우리 집으로 옴) 생각은 형이랑 이야기 하다 보니 내가 생각 없이 살았다는 걸 깨닫게 돼서 더 늦기 전에 생각연습을 해야 될 것 같아서 적었어. 대화하기를 쓴 이유는 그 생각들을 형과 대화를 계속 하고 싶었고!"

"생각하기랑 대화하기는 이제 깨달았으니 앞으로 천천히 해보자. 그런데 영어는 조금 있다가 다시 생각을 해보자."

"알겠어, 형."

"중요하지만 급하지 않은 일을 보니 빈둥거리기가 있네? 이건 왜 여기에 넣은 거야?"

"빈둥거리는 시간도 형이 필요하다고 하지 않았어?"

"빈둥거리는 시간도 필요한데, 요즘 맨 날 빈둥거리고 있지 않아?"

"아…….그건 그렇지."

"내가 해야 할 일들을 분류할 때는 어떤 목적으로 그것을 하고 싶은지를 생각해봐야 돼. 형은 글을 쓰는 일을 하잖아? 너 뇌가 허기진 적 있어?"

"아니, 한 번도 없는데?"

"제대로 머리를 쓰잖아? 세포 하나하나가 정말 미칠 듯이 배가 고프다. 그럼 진짜 미쳐버릴 것 같아. 형이 가끔 작업을 하다가 침대에 누워서 쉬거나 유튜브를 보잖아? 머리에 휴식을 주기 위함이야. 그래서 빈둥거림도 필요하다고 한 거야."

"아 그런 거구나. 다시 생각을 해봐야겠네."

자신의 상태를 객관적으로 볼 때가 되었다. 다음에 표에 자신이 실제로 하고 있는 일은 빨간색 볼펜으로 자신이 해야 된다고 생각했던 일은 검은색 볼펜으로 적어보자. 그리고 얼마나 일치하는지 객관적으로 보길 바란다. 실제 행동과 생각의 거리만큼 성공과의 괴리감이 있다고 생각하면 된다. 이것을 일치시키는 일이 제대로 공부하는 것이다.

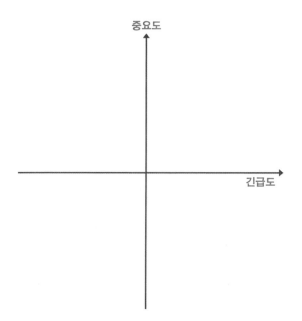

중요도

긴급도

공부 열심히 한다고 안심하지 마세요

05   제대로 공부하지 못했던 이유

'Out of sight Out of mind' 라는 영어 문장을 본적 있을 것이다. 해석하면 눈에서 멀어지면 마음에서 멀어진다는 뜻이다. 자신의 상태를 적어보니 어떤가? 자신을 객관적인 눈으로 볼 수 있게 되어 자신의 마음과 더 가까워졌는가? 적어서 눈으로 보니 왜 마음대로 살지 못했는지 깨닫게 되었을 것이다.

'기록은 기억을 이긴다.' 라는 말이 있다. 여러분이 AI가 아닌 이상 공부했던 모든 것을 다 기억할 수 없다. 그러니 기록하는 것을 꼭 습관으로 만들기 바란다. 나도 재영이와 대화를 하다가 책에 쓸 만한 내용이라고 생각이 들면 대화 도중 스마트폰 메모장에 기록을 한다. 나중에 기록 해야지 하는 순간, 그 기억은 안드로메다로 날아가 버리기 때문이다.

"요즘 무슨 생각 해?"

"그냥 영어 공부하고 있어."

"그냥 이라는 말 좀 그만 써. 왜 영어공부를 하고 있어?"

"영국 영어 자격증 공부를 해야 하는데, 기초가 많이 부족해서 그거 하고 있어."

"영국 영어 자격증 공부하기 위해서 어떤 공부들이 필요한데?"

"그 방식을 학교선생님이 알려줘."

공부 열심히 한다고 안심하지 마세요

"영어 자격증을 꼭 획득해야 하는 이유가 있어?"

"그냥 있으면 좋지 않을까?"

"네가 어떤 삶을 살고 싶은지 진진하게 생각해 봤어? 그걸로 형이랑 대화하고 싶다고 했었잖아?"

"어. 생각해봤는데, 일단 여행이 가고 싶어졌어. 그래서 국내여행지 중에 내가 갈 수 있는 곳들을 찾아보고 있어."

"네가 내 아들이었으면 좋은 생각이라며 여행 준비 잘 해봐라고 말했을 것 같아. 그런데 삼촌은 나랑 다르잖아?"

"그렇지. 엄마는 응원해줄 것 같은데, 아빠는 안 된다고 할 것 같아."

"아빠가 안 된다고 하는 이유는 뭘까?"

"위험하니까? 공부해야 할 때니까?"

"아니, 너의 과거 모습을 기억하기 때문이야."

"그럼, 아빠를 설득시키려면 어떻게 해야 할까?"

여행 계획을 완벽하게 써서 아빠한테 갖다 준다고 아빠가 그 계획서만 읽고 '오케이'를 해줄까? 절대 아니다. 계획서는 완벽할지 몰라도 여러분들은 완벽하지 않다. 그리고 실제로 해보면 계획서대로 모든 상황이 돌아가지 않는다.

일단 머릿속을 가볍게 해야 한다. 일단 머릿속에 떠오르는 모든 것들을 적자. 잡생각까지 포함해서 어떤 생각이든 떠오르는 모든 것들을 다 적어 보자. 그래서 머리를 새하얀 백지상태로 만들자. 어렸을 때 색칠놀이를 해본 적이 있을 것이다. 검정색 펜으로 캐릭터가 그려져 있고 캐릭터 안에 색칠을 했던 추억이 떠오를 것이다. 그때 규칙은 선을 넘지 않고 색칠을 해야 했다. 자유롭게 그리고 싶은 것을 그리고 색칠하고 싶은 대로 자유롭게 색칠을 하면 되는데, 옆에서 누군가 계속 "선 안 튀어 나가게 예쁘게 색칠해야지."라고 말한다. 이때 스트레스가 오는 것이다. 그림을 못 그리더라도 색칠을 잘 못하더라도 곰곰이 생각해보면서 뭐라도 마음대로 그릴 수 있는 기회를 줘야 된다. 처음부터 새하얀 백지에 아무것도 못 그려도 상관없다. 그리고 빨리 그릴 필요도 없다. 곰곰이 생각을 해보고 하나씩 그려나가면 된다.

공부도 마찬가지다. 누군가가 정해준 범위를 공부하는 것이 아니라 머리를 새하얀 노트상태로 만들고 진짜 내가 공부하고 싶은 것 한 가지만 집중해서 공부해야지 100% 몰입해서 공부할 수 있다.

일단 종이에 여러분들의 모든 생각을 하나도 빠짐없이 적자. 며칠 걸려도 상관없고 빨리, 빨리 생각하지 못해도 상관없다. 대신 포기하지 말고 끝까지 적으려고 노력하

자. 다 적고 나면 자신이 적은 글을 천천히 하나씩 읽어보길 바란다. '내가 이런 생각들을 하고 있구나.' 를 눈으로 보면서 깨달아야 한다. 그 중에서 자신의 가슴을 설레게 하는 뭔가가 있다면 그것을 제외하고 나머지는 휴지통에 일단 버리면 된다.

가슴 설레 게 하는 그것을 어떻게 현실화시킬 수 있을까? 여러분의 설렘을 현실화시키기 위해 작게라도 자신이 스스로 계획을 세워보고 그 계획들을 하나하나 실천하면 된다. 그 모습을 부모님께 꾸준히 보여줄 수 있어야 된다. 방 앞에 자신만의 스케줄 표를 붙여 놓으면 더 도움이 될 것이다. 거기에 작은 계획이라도 적고 그 계획을 성공하기 위해 오늘 어떤 일을 할 것인지 방 앞에 붙여 놓고 매일 실천하는 모습을 보여준다면 부모님의 생각이 조금씩 달라지지 않을까? '저 녀석이 요즘 눈빛이 달라졌어. 스스로 생각하고 계속 뭔가를 하려고 하는구나. 이제 우리 자녀를 믿을 수 있겠어.' 라는 인식을 주는 건 여러분의 행동에 달렸다. 부모님을 설득시킬 수도 있지만 작게라도 실천을 해보면 뭐가 부족한지 스스로 느낄 수 있게 된다. 그 부족한 부분을 찾아서 스스로 공부하는 것이 진짜 공부다.

＊ 내 머릿속 모든 생각들을 적어보자

＊그 중 가슴 설레게 하는 한 가지를 선택하자.

＊어떻게 공부할 것인지 계획을 세워보자.

하고 싶은 일

작은 목표

오늘 할 일

하고 싶은 일

영어 공부를 제대로
하고 싶다.

작은 목표

김민식 PD의 책 〈영어 책
한 권 외워봤니?〉 1주일
동안 읽기.

오늘 할 일

오늘 하루 동안 책 Part1 영어 공부에는 때가 없다 다 읽기.

06   제대로 공부하려면
우선순위를 정해라

여러분은 어느 나라로 여행을 가고 싶은가? 태국, 러시아, 체코, 프랑스, 아이슬란드, 인도네시아 등 여러분이 가고 싶은 나라가 많을 것이다. 그런데 태국과 프랑스를 동시에 여행할 수 있을까? 절대 불가능하다. 현재 어떤 나라에 가장 가고 싶은지 생각해서 태국과 프랑스 중 한 나라를 정확히 선택해야지만 그 나라로 여행을 떠날 수 있다.

지금 학교 공부, 자격증 시험, 태권도 승단심사, 피아노 대회 등 현재 해야 할 일들이 많아서 뭐부터 해야 할지 몰라 골치가 아픈가? 현재 가장 시급한 문제가 무엇인가?

만약 피아노 대회 연습이라면 피아노 대회에만 집중을 해야 한다.

학교 수학시간에 갑자기 과학이 궁금하다고 해서 수학 선생님께 과학에 대해 질문하는 학생이 있을까? 있다면 정말 대단한 학생이다. 수학시간에 과학이 아무리 궁금하더라도 수학시간에는 수학에만 집중을 해야 한다. 정말 궁금하다면 과학노트에 그 질문을 적어놓고 쉬는 시간이나 과학시간에 과학 선생님께 물어보면 된다. 멀티태스킹 능력은 결코 좋은 능력이 아니다. 한 번에 여러 가지 일을 동시에 하려고 하지 말고, 한 번에 한 가지 일에만 초 집중을 해서 빨리 끝내고 다른 일을 빨리 시작하는 게 더 효율적이다.

"형, 생각하는 거 엄청 신기해!"

"왜?"

"매일 아침에 일어나서 30분 정도 좋아하는 거 잘 하는 거 생각하고 있는데, 생각하니까 떠오르더라."

"오! 진짜 잘 하고 있는데?"

"언젠가는 적어야 되는데 생각만 하고 안 적었는데, 막상 마음먹고 적으니 되네! 그래서 너무 신기해. 요즘 너무 재밌어."

"네 말이 맞아. 계속 미루다보니 안 된 것뿐이야. 넌 충분히 할 수 있었는데 말이지! 그래서 뭐가 하고 싶어졌는데?"

"그게 있잖아. 하고 싶은 게 너무 많아. 여행도 가고 싶고, 영어공부도 하고 싶고, 책도 계속 읽어야 될 것 같고, 스킨스쿠버도 하고 싶고, 오토바이 면허증도 따고 싶고, 더 많은데 지금은 생각이 안 나. 그런데 이것들을 하기 위해 돈이 필요해서 아르바이트도 해야 할 것 같다는 생각도 들어."

"그 중에서 너에게 가장 필요한 일은 뭘까?"

"음~ 난 여행을 위해 현재 영어공부가 제일 필요한 것 같아!"

"잡생각을 버리기 위해 공부하기 전 떠오르는 생각들을 꼭 적어봐! 그리고 적었던 내용 중에 꼭 필요한 부분은 따로 체크해놓고, 나머지는 쓰레기통에 던지고 깨끗한 머리로 영어 공부부터 시작하자! 그럼, 파이팅!"

자신이 적은 일들을 1등부터 10등까지 순위를 쭉 매겨보자. 여러분의 우선순위 첫 번째는 뭔가? 그것을 나에게 말해줄 필요는 없다. 자신의 머리에 강하게 인식시키자. 그리고 한 가지 규칙만 꼭 지켜줬으면 한다. 만약 운동하는 것이 우선순위 첫 번째라고 치자. 여러분이 눈을 뜨고 언제 운동하는지는 중요하지 않다. 중요한 건 운동을 하지 않았다면 절대로 다른 것들은 하지 마라! 만약 운동을 먼저 하지 않고 하고 싶은 것들부터 먼저 하다보면 중요하지도 않고 그저 재미있는 일을 먼저 하게 될 것이다. 예를 들면, 스마트폰을 하던지, 자연스럽게 TV를 보게 될 것이다. 그렇게 계속하다보면 여러분은 귀찮은 운동 따위는 내일로 미루고 싶어 질 것이다. 그렇게 되면 제일 중요한 운동을 못 하게 된다.

현재 나는 뭐가 제일 중요한 일일까? 지금 나한테는 이 글을 쓰는 게 가장 중요하다. 그래서 눈 뜨자마자 다른 행동을 하기 전에 가장 먼저 노트북 앞에 앉는다. 그리고 잠깐 바다를 바라보며 생각을 비우고 정리된 머리로 재영이와 대화하면서 중간 중간 적어 놓았던 스마트폰 메모장을 보면서 어떻게 글을 풀어나갈지 먼저 정리하고 글을 쓴다.

나에게 이 책이 최우선순위가 된 이유는 간단하다. 사촌동생을 사랑하기 때문에 코로나 바이러스로 우리 집에 있는 동안 이 책을 완성시키고 싶기 때문이다. 그래서 우리 집을 떠나 다시 학교로 돌아갔을 때 이 책을 통해 형이랑 했던 대화를 기억해내면서 스스로 하고 싶은 공부를 할 수 있게 되길 바라기 때문이다.

왜 이렇게 까지 하냐고? 가족보다 소중한 것은 없기 때문이다.

공부 열심히 한다고 안심하지 마세요

07   어떻게 시간을 사용 할 것인가?

모든 사람에게 그나마 공평한 것이 시간이다. 시간을 보내는 질의 차이는 있겠지만 시간의 양은 누구에게나 공평하다. 아무리 억만 장자라고 하더라도 시간을 돈으로 살 수 없기 때문에 그들에게 주어진 하루의 시간도 우리와 똑같이 24시간뿐이다.

그렇다면 성공과 실패의 차이는 24시간을 어떻게 보내느냐에 따라서 결정되는 것 아닐까? 실제로 세계부자 순위를 보면 원래 부자였던 사람들보다 자수성가한 부자들이 월등히 많다. 못 살지도 잘 살지도 않았던 가정이거나 정말 조금 여유로웠던 정도지 처음부터 엄청난 부자였던 경우는 드물다. 그들처럼 우리도 시간을 잘 활용한다면 우리도 꿈을 이룰 수 있다.

천재 발명가 에디슨은 변명 중에서도 가장 어리석고 못난 변명은 "시간이 없어서"라는 변명이라고 말했다.

"형, 오전에 친구랑 약속이 잡히면 어떻게 해야 돼?"

"오전에? 약속을 잡는다고?"

"친구랑 갑자기 약속이 생길 수도 있잖아?"

"음, 그건 네가 아직 우선순위가 제대로 잡히지 않았기 때문이야."

"그럼, 친구와 약속도 잡으면 안 되는 거야?"

"그건, 아니지. 형이 요즘 매일 글을 쓰고 있잖아? 코로나 바이러스로 인해 여자 친구랑 일주일 동안 보지 못했어. 그런데 오랜만에 여자 친구 집에서 놀기로 했단 말이야? 그래서 형은 어떻게 했을까?"

"빨리 만나고 와서 저녁에 글을 쓴다?"

"아니, 여자 친구를 만나기 위해 일부러 일찍 잠을 잤어. 아침에 일찍 일어나서 글을 쓰기 위해서 말이야. 내가 오늘 쓰기로 했던 부분의 70% 정도는 아침에 썼기 때문에 여자 친구랑 즐거운 시간을 보내고 올 수 있었어."

"아, 그 정도 의지가 있어야 되는 거구나."

"너 같은 경우는 아침에 잘 못 일어나니 될 수 있으면 오전에 약속을 잡지 않는 게 좋아. 약속을 잡으면서 급하게 일어나서 급하게 준비하고 지친 상태로 집에 돌아올 텐데, 그렇게 되면 오늘 하루 너의 계획은 엉망이 되겠지!"

오전에 친구가 놀자고 하면 어떻게 하면 좋을까? 위에서 말한 것처럼 정말 중요한 약속이라면 새벽에 일어나서 내가 해야 할 일들을 먼저 하고 친구를 만나러 가면 된다. 그런데 만약 중요한 약속이 아니라면 오전에는 약속을 잡지 않는다는 규칙을 정해야 한다. 방학이 아닐 때는 학교 마치고 집에 돌아와서 내가 정한 목표를 모두 끝내고 난 뒤에 시간이 남으면 친구를 만나야 한다. 친구를 만나는 일뿐만 아니라 스마트폰을 보거나 TV를 시청할 때도 마찬가지다.

오전에 약속을 잡고 친구를 만나러 간다는 것 자체가 삶의 우선순위가 없다는 것이다. 그리고 자신이 현재하고 있는 패턴이 습관이 되지 않았기 때문에 아무생각 없이 약속을 잡는 것이다. 부모들도 자녀가 해야 할 일을 다 한 상태에서 TV를 보거나 친구를 만나러 간다면 흔쾌히 허락해 줄 것이다.

그리고 자신의 목표를 다시 점검해보자. '에너지 보존

법칙'을 아는가? 에너지 보존 법칙은 물리학의 용어로 외계에 접촉이 없을 때 고립계에서 에너지의 총합은 일정하다는 것이다. 여러분이 하루의 쓸 수 있는 에너지도 정해져 있다. 대부분 계획을 세울 때 영어, 운동, 독서 등 3가지 정도의 목표를 세운다. 그리고 영어가 가장 중요하니 영어 먼저, 그 다음 중요한 운동, 그리고 마지막으로 독서를 한다. 여기까지는 좋다. 그런데 대부분 시간을 균등하게 분배를 한다. 영어 1시간, 운동 1시간, 독서 1시간 이런 식으로 말이다. 절대 이렇게 시간을 배분하면 안 된다. 영어가 제일 중요하더라도 30분 정도만 해도 충분할 수 있고, 독서가 3순위이지만 2시간 정도의 시간이 필요할 수도 있다. 하고자 하는 공부 목표를 달성하기 위해 어느 정도의 시간이 필요한지 스스로 계량화해보자. 그 시간에 맞게 시간 배분을 했으면 한다. 그리고 오전에 큰 목표하나만 정하고 오후에 큰 목표 두 가지 정도만 했으면 좋겠다. 처음부터 너무 꼼꼼하게 계획을 잡으면 못 했을 때 돌아오는 상실감도 크고 변수가 생겼을 때 대체할 수 있는 시간이 없기 때문에 멘붕이 올 수도 있기 때문이다.

그런데 오전에 이미 약속을 잡아놓고 친구들과 오전에 놀기로 약속을 잡는 이유가 뭔가! '내가 무슨 약속을 잡았지? 라는 생각이 드는가?! 오전에 자기가 세운 공부를 실천하겠다고 자기 자신과 약속을 하지 않았는가! 왜 가장 중요한 자신과의 약속은 약속이라고 생각하지 않는 것인가. 자신과의 약속을 소중하게 생각하지 않고 자신과의 약속을 지키지 못하는 사람이 다른 사람과의 약속도 잘 지킬 수 있을까?

08   자기계발 vs 공부

영어는 자기계발일까? 공부일까? 그렇다면 자기계발과 공부의 차이는 뭘까? 나도 자세한 뜻을 알기 위해 네이버 사전을 찾아보니 자기계발은 '잠재하는 자기의 슬기나 재능, 사상 따위를 일깨워 줌'이라고 나온다. 그럼 공부는 뭘까? 똑같이 네이버 사전에 검색을 해보니 '학문이나 기술을 배우고 익힘'이라고 나온다.

별 차이 없어 보이지만 조금만 생각해보면 큰 차이가 있다는 것을 알 수 있다. 자기계발은 자신을 돌아보는 것을 중요시한다. 그렇다면 무작정 공부할 것이 아니라 공부하기 전 먼저 해야 할 일은 자기계발을 통해 자기의

슬기나 재능, 사상이 어떻게 되는지 파악하고 공부해야
한다.

"형, 내가 월요일에 영어 공부를 하기로 했고, 수요일에 자
기계발 책을 읽기로 했잖아? 그럼 〈오로지 대한민국에서 영어
두뇌 만들기〉 책을 읽으면 영어 공부를 하는 거야? 아니면 자
기계발 공부를 하는 거야?"

"오! 좋은 질문인데, 한 번 같이 생각을 해보자. 같은 영어지
만 어떻게 활용하느냐에 따라서 달라질 거야."

"쉽게 설명하면?"

"완전 똑같은 영어책이라도 시험이나 자격증을 위해서 읽는
다면 아무리 자기계발 책이라고 해도 영어 공부가 되겠지?"

"그렇지. 그럼 영어 문법책이라도 누군가를 가르쳐주기 위
해 공부를 하면 자기계발이 되겠네?"

"바로, 그거지! 학원 선생님과 학생들은 똑같은 교재를 보지만 학원 선생님들은 답을 찾기 위해 교재를 보는 게 아니잖아? 어떻게 하면 쉽게 설명해줄 수 있을까를 분석하기 위해 보잖아. 그래서 수업을 더 잘 하기 위해 교재를 보는 거라면 자기계발이 될 수도 있겠네."

"그럼, 내가 잘 하고 있는 게 맞을까?"

"난 잘 하고 있다고 생각 해. 네 삶에서 현재 영어가 가장 중요하다고 했잖아?"

"아! 맞네. 영어를 학습하는 시간이 절대적으로 많아졌네. 영어 공부도 하고 영어를 알려주는 자기계발 책을 읽고 있으니. 이제 조금씩 이해가 되는 것 같아."

"좋은 징조네. 그런 식으로 형이 없어도 스스로 생각하고 스스로 공부할 수 있게 되길 바랄게."

자신의 명확한 목표를 찾는 게 왜 중요하지 않겠는가? 독서가 좋다고 하니 막연하게 책을 읽고, 영어가 중요하다고 해서 막연하게 아무 책으로 영어공부를 하니 재미가 없는 것이다. 어렵게 집중을 해도 공부하다가 갑자기 이런 생각이 들 것이다. '내가 이걸 왜 하고 있지? 나중에 어디에 사용할 수 있을까?'

난 강연이 잡히면 강연준비가 끝날 때까지 강연 생각만 한다. 카페에서 강연 준비를 하다가 누군가의 소리가 들리면 일단 들어본다. 강연 에피소드로 쓸 수 있을지 판단하기 위해서다. 들어보고 연결고리를 찾을 수 없으면 듣는 걸 그만 하고 내가 하던 일을 계속 한다. 그리고 책을 읽을 때도 어떻게 강연과 연결시킬 수 있을까를 생각해본다. 이게 습관이 되니까 억지로 생각하지 않아도 책을 읽고 있으면 '이걸 예시로 들면 좋겠는데?' 라는 생각이 바로 든다.

자기계발과 공부는 별개가 아니다. 나의 꿈을 현실화시

키기 위해 도와주는 도구들이다. 초반에 말한 것처럼 도구를 활용할 줄 알아야지 도구가 많다고 무조건 좋은 것은 아니다. 대신 어렸을 때 다양한 경험을 해보는 건 중요하다고 생각을 한다. 많은 부모들은 자녀들이 의미 없이 뭔가를 하고 있으면 쓸데없는 짓 그만하고 공부나 하라고 말한다. 이건 굉장히 잘못된 행동이다. 부모님이 봤을 때는 생산적으로 보이지 않기 때문에 의미 없이 시간을 버리고 있다고 생각할 수 있겠지만 자녀 입장에서는 멍을 때리면서 뭔가를 상상하고 있을 수도 있다. 그래서 재영이한테 빈둥거리는 시간이 필요하다고 말했던 것이다. 빈둥거리다 보면 심심해지고 심심해지면 재미있는 게 없을까 생각을 하게 된다. 재미있는 것이 없나 생각하다가 떠오르는 게 있다면 그걸 하기 위해 하는 자연스러운 행동들이 자기계발과 공부가 되는 것이다.

대부분의 부모들은 이 부분을 이해해주지도, 기다려주지도 않는다. 그래서 작은 계획이라도 세워서 뭔가 노력하는 모습을 인위적으로라도 보여주라고 하는 것이다. 만

111

약 부모님과 대화를 통해 이 부분에 대해 이해를 구할 수 있다면 제일 좋다. 대신 학생들도 이 핑계로 스마트 폰만 보거나 진짜 아무것도 하지 않는 것이 아니라 스마트 폰은 잠깐 내려놓고 생각을 했으면 좋겠다. 그래서 부모에게 "너는 계획이 다 있구나."라는 이야기를 들을 수 있길 바란다. "나는 뭐 할 때 행복함을 느낄까?", "난 무엇을 즐기면서 할 수 있을까?", "내가 정말 몰입해서 할 수 있는 일이 뭘까?"를 생각해보길 바란다. 나는 지금도 끊임없이 그 생각을 하며 하루하루 성장하고 있다.

Part 03

제3장

세상의 틀을 깨고 자신만의 루틴(습관)을 만들어라

재영이의 착각

　　나에게 3개월이란 시간은 짧지 않은 시간이
라 처음에는 대만 3개월 가게 된 것을 즐거워하기 보다는
걱정이 많았다. 그렇게 걱정을 가득 안고 대만에 가게 되
었다. 대만에선 공동체 생활을 해야 했고 한 공간에 많은
사람이 생활해야 되서 기숙사 생활을 했던 나도 처음엔
적응하기 너무 힘들었다. 사생활은 없었고 이때까지 18년
을 살면서 나는 나를 중심으로 살아왔기 때문에 남을 배
려해야 하는 공동체 생활이 어려웠다. 하지만 주어진 기
간 동안 점점 공동체 생활과 배려를 배울 수 있었고 반강
제적으로 공부를 해야 하는 시스템으로 인해 한 번도 하
지 않았던 공부를 할 수밖에 없었다. 그렇게 배려를 배우

고 집중해서 공부를 하게 되니 중국어 자격증 시험도 합격할 수 있었고 조금씩 내가 변화되고 있다는 느낌도 들었다. 3개월 후 그렇게 한국으로 돌아가게 되었고 한국으로 돌아가자마자 나는 주위 친구들이고 어른들이고 모두 내가 변해 사람이 바뀌었다는 소리를 들었다. 그리고 3개월이었지만 외국 생활을 하면서 대만이라는 나라가 마음에 들었고 한국에 와서 다시 대만에 대해 생각도 해봤다.

그리고 귀국하고 얼마 안돼서 사촌형 집에 가게 되었다. 나에게 사촌형은 잘 놀아주고 재밌는 형이란 이미지를 가지고 있었기 때문에 처음에는 같이 피시방에 가거나 놀 생각만 했다. 하지만 피시방에 가지 않았고 피시방 가는 대신 대화를 나눴다. 난 대만에 가서 변화되었고 작지만 앞으로의 목표가 생겨서 내 생각이 맞고 그 생각대로 밀고 가야겠다고 느꼈었다. 하지만 형과 몇 시간동안 대화를 하고나니 내 판단이 너무 섣불렀다는 생각이 들었고 다시 생각하게 되었다. 그리고 정말 변하고 싶다는 생각이 들었다.

01 자신이 정한 목표를 두고 왜
해야 되는지 생각해보자

내가 목표를 정했기 때문에 무조건 부모가 도와줘야 된다는 생각은 버리자. 자신이 보기에는 멋진 목표일수 있지만 부모님이나 주변사람들이 봤을 때 말도 안 되는 목표일수도 있다. 그래서 그 목표가 틀렸다고? 그건 절대 아니다. 남들이 납득하지 못하더라도 스스로 그 목표를 객관적으로 바라볼 수 있고, 그것을 계속 발전시킬 수 있는 방향을 알고 있다면 그 길을 무조건 선택하길 바란다.

경상남도 명문 고등학교 중의 하나인 거창고등학교를 아는가? 거창고등학교에는 '직업선택 십계명' 이라는 것이 있다. 9번째 계명을 보면 "부모나 아내나 약혼자가 반대하는 곳이라면 틀림없다. 의심치 말고 가라."라는 계명이 있는데, 이 계명처럼 여러분의 위대한 계획을 세상이 이해 못 할 수도 있다. 아직 세상에 그런 일을 한 사람이 없기 때문이다. 여러분은 그런 일을 할 수 있는 존재다. 그. 런. 데. 세상이 이해 못한다고 해서 다 괜찮은 목표가 아니다. 다른 사람은 몰라도 자신은 설득시킬 수 있어야 된다.

"형, 나 확실히 정했어. 10월부터 1월까지 3~4개월 정도 여행을 떠날 거야!"

"왜 그런 결정을 했어?"

"전국을 돌아다니면서 식도락여행을 하고 싶어."

"좋은 생각이네."

"조용한 곳도 많이 가고 싶고, 여행하면서 좋은 곳이 있으면 잠깐 멈춰 서서 생각해도 되겠지?"

"맞아. 내가 여행을 계획했으니 꼭 거기는 가야된다는 생각만 버리면 맘 편하게 여행할 수 있을 거야. 넌 아직 여행을 많이 안 가봤기 때문에 계획을 빡빡하게 세울 수 있단 말이야? 여유롭게 계획을 잡아 봐."

"잠은 찜질방 같은 곳에서 자려고 하는데 부모확인서가 필요하잖아? 그냥 전화해달라고 하면 되나?"

"확인증 같은 게 있을 거야. 그거 한 번 알아보고 미리 받아놓을 수 있으면 좋겠지."

"아, 너무 설렌다. 진짜 벌써 너무 재밌다."

"재영아, 네가 내 아들이라면 무조건 이번 여행을 지지해줄 것 같아. 네가 무계획으로 다녀오든 실패를 하든 어떤 경험을 하던지 네가 많이 배울 수 있을 테니까. 어떤 도전이든 생각 너무 많이 하지 말고 그냥 도전 했으면 좋겠어. 그런데 삼촌은 나랑 생각이 다를 수 있어."

"맞아. 어떻게 하면 아빠를 설득시킬 수 있을까?"

"설득은 입으로 하는 게 아니야. 네가 사전에 다른 계획들을 세우고 그 계획들을 이루는 모습을 보여주는 방법 밖에 없어."

내가 대학을 선택할 때 선택기준이 뭐였는지 아는가? 많은 어른들이 "XX과를 나오면 취업 잘 될 거야. 지금 보니까 잘 나가던데?"라는 조언을 해줬다. 그 이야기를 듣고 XX과로 선택했던 친구들도 많았다. 그런데 그거 아는가? 대학을 졸업하려면 최소 4년, 휴학이나 군대까지 갔다 오면 최대 6~7년 뒤의 졸업을 하게 되고 그 뒤에 취업을 하게 된다. 과연 그때도 그 과가 전망이 있을까? 거창 고등학교 십계명을 중에 "장래성이 전혀 없다고 생각하는 곳으로 가라."가 있다. 100% 동의한다. 스스로 판단을 내릴 수 있어야 된다. '현재 우리나라에는 이 부분이 약한데 내가 그 부분을 공부해서 이런 식으로 발전시키면 되지 않을까?' 를 생각해서 그 부분을 집중적으로 공부해야 된다. 처음부터 장래가 좋은 쪽을 선택하게 되면 일의 본질보다는 그 자리를 서로 차지하기 위한 치열한 경쟁만 하게 된다. 내가 그 공부를 왜 해야 되는지 본질은 잃고 치열한 입시경쟁, 취업경쟁만 남게 되는 것이다.

한가운데가 아닌 가장자리부터 천천히 내공을 쌓으면서 자신의 길을 묵묵히 가길 바란다. 재영이는 여행을 떠나기 위해 정말 열심히 자료 조사를 하고 있다. 재영이가 여행을 떠나고 싶은 목적은 문화 체험, 특별한 경험, 시도, 도전을 하기 위해, 삶의 전환을 위해, 풍경을 보기 위해, 다양한 먹을거리를 체험하기 위해, 책을 읽고 그 지역에 가보기 위해, 여행하면서 생각하기 위해, 자유로운 삶을 살기 위해 등이 있었다. 그래서 국내와 해외 중 조금 더 현실성이 있는 국내여행을 선택했고, 시간이 날 때마다 전국 팔도 곳곳을 검색하며 자신이 가고 싶은 곳을 찾

기 위해 노력하고 있는데 부모님을 설득해서 꼭 여행을
갈 수 있게 되길 바란다.

여행을 가지 않게 되더라도 여행을 준비하며 설레던 그
마음과 여행을 준비하기 위해 했던 행동은 절대 헛되지
않았고, 네가 꿈을 찾게 되었을 때 그 에너지를 꿈을 이루
는데 사용한다면 네 꿈을 꼭 이룰 수 있을 거야.

02   어떻게 공부할 것인가?

누워서 공부하면 안 될까? 집에서 공부를 한다면 누워서 공부를 하던지 앉아서 공부를 하던지 큰 문제가 되지 않을 것이다. 그런데 학교 수업시간에 누워서 수업을 듣는다면? '그게 말이 돼!' 라는 생각을 할 것이다. 정말 불가능한 일일까? 정말 앉아서 수업을 들어야만 되는 걸까? 최고의 복지를 자랑하는 핀란드에서는 학생들이 교실 안에 소파나 쿠션을 마련해둬서 바닥에 앉거나 누워서 수업을 들어도 괜찮다. 최대한 학생들의 자율성을 보장해줘서 아이들이 각자 자신에게 맞는 스타일로 수업을 들을 수 있도록 도와준다.

내가 듣고 싶은 과목만 들으면 안 될까? 꼭 모든 과목을 처음부터 끝까지 배워야 할까? 핀란드는 듣고 싶은 강의를 들을 수 있는 자유, 맞지 않는 강의는 중간에 그만둘 수 있는 자유까지 준다. 실패를 존중해주는 문화를 우리가 배울 필요가 있다고 생각한다. 심지어 다시 공부하고 싶을 때는 얼마든지 대학에서 새 공부를 시작할 수 있는 자유까지 주어진다.

도서관에서는 조용히 공부를 해야 할까? 혹시 하브루타를 아는가? 하브루타는 유대인들의 공부 방식으로 나이, 계급, 성별 관계없이 두 명이 짝을 지어 서로 논쟁을 통해 진리를 찾는 것을 의미하는데, 유대인들이 있는 도서관을 보면 2명씩 대화하고 있는 모습을 실제로 볼 수 있다. 도서관은 시장처럼 시끄럽다. 우리나라는 이 좋은 하브루타를 흉내만 내고 있을 뿐 제대로 활용하고 있는 곳이 몇 군데 없다. 지금 사촌동생과 내가 하고 있는 것이 하브루타와 비슷하다고 생각하면 된다.

우리나라는 취업과 노후대비를 중요하게 생각하면서 학생들에게 왜 경제는 가르쳐주지 않는 것일까? 학생이 공부를 해야지 무슨 돈이야 라고 말하는데, 20대가 되는 순간 여러 가지 경제상황에 노출이 된다. 우리나라는 뭐든지 맞닥뜨렸을 때 급하게 처리하는 경향이 있다. 그런데 신기한 것은 대학교 전공 중에 경제라는 과목이 있는데, 왜 초, 중, 고 때는 경제를 공부로 인정해주지 않을까? 모두가 경제학자가 되거나 CEO가 되지 않기 때문일까? 그럼 왜 모든 사람이 과학자나 연구원이 되지 않을 텐데 과학은 왜 필수과목으로 가르치는가? 유대인들이 세계의 경제를 좌지우지 할 수 있는 것은 그들이 어렸을 때부터 경제교육을 철저하게 받았기 때문이다. 핀란드는 100% 팀플을 통해 토론하면서 해결책을 찾아가는 수업이 있는데, 토너먼트로 선정된 팀들은 사업으로 연계시킬 수도 있다고 한다.

"형, 있잖아. 그래도 학교는 다녀야 되지 않을까?"

"왜 그렇게 생각하는데?"

"기초 상식은 있으면 좋잖아?"

"나는 중학교 때 2차방정식을 배웠는데, 단 한 번도 살면서 2차 방정식을 통해 문제를 해결해본 적이 없어. 과학시간에 배웠던 만유인력의 법칙? 그냥 사과가 바닥으로 떨어져서 발견했다는 것 말고 더 이상 아는 게 없어. 그 법칙을 활용해서 내가 어떤 것을 할 수 있는지 배우지 못했기에 살면서 만유인력의 법칙 이야기 할 상황도 없었고."

"그건 너무 극단적인 거 아니야?"

"맞아. 일부러 극단적으로 이야기를 했어. 그런데 수업시간에 실제로 내가 선생님께 여쭤 본적이 있어."

"어떤 걸 물어봤는데?"

"선생님, 2차방정식을 통해 실생활에서 어떤 문제를 푸셨어요?"

"헉! 선생님이 뭐라고 안 하셨어?"

"엄청 혼났지! 그래도 계속 물어 봤어. 시험문제를 풀기 위함이 아니라 실제 어떻게 활용할 수 있는지 너무 궁금합니다! 라고 물었지."

"형도 정상은 아닌 것 같아."

"맞아. 정상은 아니지. 그래서 엄청 혼났어."

"그래도 기본적으로 학교에서 배우는 내용정도는 알면 좋을 것 같은데?"

내가 해주고 싶은 말은 학교 교과서가 많이 개정 되었다고 하지만 여전히 옛날 지식과 정보를 알려주고 있을 뿐이라는 것이다. 교과목을 크게 바꿀 수 없는 이유가 뭘까? 수능 때문이다. 수능시험을 쳐서 등수를 나눠야지만 그 기준으로 대학을 보낼 수 있기 때문이다. 내가 학교 다닐 때랑 지금의 교육의 차이점은 시험의 변별력을 높이기 위해 문제 지문을 더 꼬아서 어렵게 만들어서 틀리 게 만드는 것 밖에 없다. 180도 바꿨다면 지난 수능시험이 참고자료가 될 수 없을 것이다. 틀은 똑같다.

그럼 기초 상식은 어떻게 채울 수 있을까? 그 정답은 책에 있다. 교과서가 아니라 일반 서적 말이다. 요즘 세상은 하루하루가 다르게 변하고 있다. 놀라운 사실은 최근 50년 동안 발행된 책이 몇 천 년 전에 발행된 책을 합한 것보다 더 많은 책이 발행되었다는 것이다. 이로 인해 2~3년 전에 나왔던 이론이나 지식이 지금은 구식의 정보이거나 틀린 지식이 될 때가 많다. 특히 IT와 법과 관련된 쪽은 매년 새로운 내용들이 나온다. 시험이 아니라 정말 기초 상식을 키우고 싶다면 서점으로 가서 인문고전, 사회, 과학, 역사, 수학, 시, IT, 영어 등 종류별로 2~3권씩만 읽어보길 바란다.

이렇게 하는 게 어려울 것 같지만 일주일에 1권씩만 읽어도 일 년의 52권이고 이렇게 3 년 동안만 책을 읽으면 초중고 12년 동안 공부한 내용보다 더 실용적인 기초 상식을 얻을 수 있다. 그리고 이렇게 한다면 자신이 흥미를 느끼는 공부분야를 찾을 수도 있을 것이다.

이처럼 능동적인 공부를 하게 된다면 조금이라도 더 알기 위해 1분 1초도 소중하게 사용할 것이다. 배움의 흥미가 사라진 대한민국. 열심히 암기해봤자 시험 끝나면 사용할 수 없는 지식들. 진짜 자기가 하고 싶은 공부를 하고 있다면 공부해라는 소리를 하지 않더라도 자기가 여기저기 찾아다니면서 알아서 열정적으로 공부 할 것이다.

사촌동생은 여전히 하루 종일 스마트폰을 보고 있다. 예전에는 유튜브를 통해 게임영상이나 애완동물 영상을 하루 종일 봤다면, 지금은 영어공부와 여행을 위해 필요한 정보를 찾고 그것을 공부하기 위해 스마트 폰을 활용하고 있다.

우리 때보다 지금 세대가 다양한 정보를 더 쉽게 얻을 수 있게 되었고, 자신의 꿈을 이루기 위해 돈 없이도 공부할 수 있는 방법들이 더 많아졌다. 도서관을 집처럼 자주 들락날락 하면서 도서관을 제대로 활용하자. 그리고 세계 최고의 스피드를 자랑하는 5G 스마트폰으로 게임이랑 재미있는 유튜브만 보는데 허송세월 보내지 말고 엄청난 스피드의 스마트폰을 활용해서 진짜 스마트한 사람이 되자.

03   1순위 목표부터 쉽게 세분화 시켜라

이제 우리 제대로 공부하자. 여러분이 가장 공부하고 싶은 1순위를 지금 당장 떠올려라. 그리고 이제 그 목표를 이루기 위해 목표를 세우는 방법을 알려주려고 한다. 똑똑한 사람이 되고 싶은가? 그렇다면 SMART 기법을 기억하길 바란다.

SMART기법이란

S = Specific(목표는 구체적으로 작성한다.)

M = Measurable(목표는 측정 가능해야 한다.)

A = Action Oriented(목표는 실천 가능해야 한다.)

R = Realistic(목표는 실현 가능해야 한다.)

공부 열심히 한다고 안심하지 마세요

T = Timely(목표는 마감시간이 있어야 한다.)

"형, 영어를 하루에 3시간 정도 공부하려고 하는데, 쉽지가 않네."

"아직 습관이 되지 않아서 그럴 거야."

"그럼 어떻게 해야 하지?"

"꿈은 위대하게 오늘의 할 일은 미련하게 세워야 돼."

"오늘의 할 일은 미련하게 세워야 된다고? 그게 무슨 말이야."

"너 하루에 영어 단어 한 개 외울 수 있니?"

"그건 식은 죽 먹기지!"

"그럼 일 년 동안 하루도 안 빠지고 매일 영어 단어 한 개씩 외울 수 있니?"

"그것도 껌이지. 그걸 누가 못해!"

"내가 못했어. 우리 아버지가 내가 중학생일 때부터 말씀해 주셨어. 하루에 영어 단어 하나씩만 외우면 일 년에 365개를 외울 수 있으니 하루에 하나씩만 공부하라고."

"형, 진짜 미련한 사람이네."

"난 이상하게 내가 스스로 하고 싶은 일이 아니라면 아무리 맞는 말이라고 해도 실천이 안 되더라. 그런데 넌 영어가 중요하다고 했잖아. 그러면 하루에 영어 단어 하나씩만 외워."

"그 정도는 할 수 있을 것 같은데, 너무 하찮은 계획 아니야?"

여러분들도 이 대화를 보면서 재영이와 같은 생각을 했을 것이다. "아니! 저런 목표를 세워서 도대체 언제 위대한 꿈을 이룰 수 있겠어?"라는 생각이 들 것이다. 여기서 핵심은 한 개에 있다.

목표를 이루기 위해서는 SMART 기법이 알려주는 대로 구체적으로 측정하면서 실천을 하면서 마감시간까지 지킬 수 있는 건 하루에 딱 한개 하는 것 밖에 없다. 내가 이렇게 극단적으로 말하는 이유는 하루에 한 시간 공부하는 건 불가능한 일이 아니다. 그런데 집중이 안 될 때도 있을 것이고 그냥 막연하게 공부하기 싫은 날이 있을 수 있고 오늘 공부할 부분이 정말 어려워서 30분 이상 못할 수도 있고 정말 컨디션이 안 좋아서 아무것도 할 수 없는 날이 생길 수도 있다. 그런데 목표가 하루에 한 시간 공부하는 거라면 위와 같은 상황에 직면했을 때 한 시간 공부해야 된다는 생각에 짜증이 확 올라 올 것이다. 그런데 하루에 영어 단어 하나 외우는 건 최악의 상황에서도 할 수 있다.

그런데 정말 미련한 사람이 아니라면 컨디션이 안 좋을 때 말고는 진짜 영어 단어 하나만 딱 외우고 끝내지는 않을 것이다. 집중이 잘 되는 날이라면 그 기세를 몰아서 계속 공부하면 된다. 내가 딱 하나만 외우라는 것은 뭐든지 시작이 어렵지 시작하고 나면 생각했던 것 이상으로 해낼 수 있기 때문이다. 그런데 진짜 힘들어서 영어 단어 딱 한 개만 외우더라도 일 년에 365개를 외울 수 있다. 그런데 오늘 3시간 공부해서 영어 단어를 50개 외웠다고 치자. 그리고 며칠 쉬고 다시 영어 단어 50개를 외운다면 공부의 효과가 있을까? 순간 기억력으로 50개를 외울 수는 있겠지만 그 기억은 오래가지 않을 것이다.

여러분이 가장 공부하고 싶은 1순위는 무엇인가? 정말 하고 싶은 공부라면 솔직히 SMART 기법도 필요 없고, 영어 단어를 하루에 한 개만 외우는 목표 따위를 세울 필요가 않다. 에디슨에게 SMART 기법이 필요했을까? 그냥 눈뜨자마자 실험실로 가서 새로운 발명품을 만들기 위해 모든 에너지를 쏟을 것이다.

여러분의 가슴을 뛰게 만드는 그것을 찾아야 된다. 그리고 그것을 공부하자. 그것을 찾기 위해 연습을 하는 단계라고 생각하면 좋을 것 같다. 작은 목표를 세우고 그 목표를 성공하면서 성취감도 맛보고 성공하는 모습을 부모님께 보여드리면서 지금 꿈이 없어서 그렇지 꿈만 찾게 되면 꿈을 향해 무섭게 달려갈 준비가 되었다는 것을 보여드리자. 그러면 여러분을 믿고 여러분이 하고 싶은 공부를 할 수 있도록 기회를 제공해줄 것이다.

04 　　매일 하는 게 제일 중요하다

　　스타크래프트 게임을 아는가? 내가 학창시절에 가장 많이 했던 게임이다. 프로게이머 중에 이제동 선수를 가장 좋아했었다. 스타크래프트 프로게이머 중에 유튜버로 활동하는 사람들이 많은데, 이제동 선수도 유튜버로 활동을 하고 있다. 이제동 선수가 한동안 스타크래프트를 안 한 적이 있었다. 오랜만에 방송을 켜고 스타크래프트를 하는데 이제동 선수의 손이 부드럽게 움직여지지 않았다. 그러자 이제동 선수는 "며칠 쉬었더니 손이 굳었네요. 손 좀 풀려면 좀 걸리겠어요."라고 말을 했다.

　　이제동 선수뿐만 아니라 유튜버, 프로방송인, 운동선

수, 고시생 등 어떤 분야든 하루라도 쉬고 나면 어렵게 만든 패턴이 쉽게 깨진다. 한 번에 많이 해서 뿌듯함을 느끼려고 하지 말자. 한 번에 많이 하는 것보다 꾸준하게 할 때 성과가 난다.

"형, 아빠가 나를 이해해줬으면 좋겠어."

"무슨 말이야?"

"내가 기숙사생활을 하잖아? 그래서 2주에 한 번 집에 갈 수 있단 말이야."

"나도, 그건 몰랐네. 그래서?"

"오랜만에 집에 갔으니 나도 쉬고 싶잖아? 그런데 잠깐이라도 쉬려고 하면 아빠가 뭐라고 해. 나도 휴식이 필요하잖아?"

"네 말이 틀린 건 아닌데, 2주 동안 공부했던 패턴이 있잖아? 그런데 집에 와서 푹 쉬고 돌아가잖아? 그럼 어렵게 만든 패턴이 깨질 수 있지 않을까?"

"아, 그 생각은 못했네. 그냥 쉬고 싶은데 쉬지 못하게 한다는 생각밖에 못 했어."

"형도 책을 3년 동안 1,000권 읽기 도전했잖아?"

"어, 형 책 읽어서 그 이야기는 알아."

"그런데 만약 내가 1년 정도 책을 읽었을 때 '1년 정도 책 읽었는데 일주일 정도 쉴까?' 라고 생각했다면 책 조금 읽다가 힘들 때마다 '이번에도 쉴까?' 라는 생각을 했을 거야. 좋은 습관은 만들기 어려운데 이전 습관으로 돌아가기는 너무 쉽잖아. 그냥 안 하면 되니까!"

"그러면 쉬면 안 되는 거야?"

"아니, 쉼도 필요하지. 그래서 하루의 목표를 미련하게 세워야 된다고 말한 거야. 팁을 하나 알려주면 푹 쉬다가 삼촌 오실 때 쯤 책을 읽던지, 공부를 하던지 하면 되잖아. 일요일이라면 잠깐이라도 영어공부를 하고 쉬면되잖아."

"그래도 그냥 쉬고 싶은데?"

"지금 네가 하고 있는 공부는 네가 진짜 하고 싶은 공부가 아니라서 그래."

"내가 하고 싶은 공부가 아니다······."

만약 재영이가 어제 스마트폰으로 유튜브를 1시간 동안 봤다고 오늘 하루 유튜브를 보는 걸 쉬려고 할까? 어제도 쉴 때 유튜브를 봤지만 오늘도 쉴 때 유튜브를 볼 것이다. 재영이만 그럴까? 나도 그렇다. 글을 쓰다가 머리가 아프면 잠깐 누워서 머리를 식히기 위해 스마트폰을 통해 유튜브를 본다.

만약 재영이도 내가 없었다면 우리 집에서 아무것도 안 하고 하루 종일 스마트폰만 들고 유튜브만 보고 있었을 것이다. 그래서 재영이뿐만 아니라 모든 사람이 자신이 하고 싶은 공부를 찾아야 된다. 학생들뿐만 아니라 성인들도 스마트폰과 게임을 못하게 하면 감정을 조절하지 못한다. 왜일까? 미친 듯이 하고 싶기 때문이다. 나는 지금 새벽에 이 글을 쓰고 있다. 그 이유는 이 글을 쓰는 게 너무 행복하기 때문이다.

그런데 자격증시험이나 학교 공부는 그렇지 못한 이유가 뭘까? 진짜 자신이 미친 듯이 원하는 일이 아니기 때문이다. 그래서 자신이 정말 미친 듯이 하고 싶은 걸 찾아서 그걸 공부해야 한다. 진짜 흥미가 있다면 오늘 공부를 내일로 미루겠는가? 공부를 잠재워 두는 일은 없을 것이다. 능동적인 공부라면 조금이라도 더 알기 위해 1분 1초도 놓치지 않고 공부하려고 것이다. SBS〈영재 발굴단〉프로그램을 보면 거기에 나오는 영재들은 자기만의 공부를 하기 위해 자기만의 방법으로 공부에 온전히 몰입한다. 미스터

트롯에서 5등을 한 장동원군도 예전에 〈영재 발굴단〉에 트롯 영재로 나왔었다. 그때 장동원군의 표정을 보면 너무 행복해 보였다. 장동원군 뿐만 아니라 다른 영재들의 표정을 보면 억지로 마지못해 하는 것이 아니라 정말 즐기면서 한다는 것을 느낄 수 있었다. 그들에게는 공부가 곧 게임인 것이다.

나는 강사가 꿈이었다. 현재 그 꿈을 이뤄 강연활동을 하며 살아가고 있다. 그런데 솔직히 강연은 재미있지만 강연을 하기 위해 준비하는 과정은 행복하지 않다. 자료를 찾고, 책을 읽고, PPT를 만들고 이 과정이 재미있을까? 재미있을 때도 있지만 정말 하기 싫을 때가 더 많다. 그런데도 결국 해야 한다. 왜? 내가 하고 싶은 강연을 하기 위해서다.

지금 글 쓰는 것도 잘 써질 때도 있지만 잘 안 써질 때도 있다. 잘 안 써질 때 어떨까? 미쳐버릴 것 같다. 솔직히 말해서 빨리 완성하고 싶은 마음이 너무 크다. 빨리 완성

해서 재영이와 여러분들에게 빨리 선물해주고 싶기 때문이다. 빨리 완성하고 싶다고 지금 끝내면 어떻게 될까? 완성도가 사라진다. 그렇기에 참고 계속 글을 쓰는 것이다. 지금은 다 쓰고 다시 읽으면서 글을 수정하고 있다. 왜냐면 더 와 닿게 전달해주기 위함이다.

하고 싶은 일을 해도 이렇게 하기 싫을 때가 있는데, 하기 싫은 공부를 억지로 하면 얼마나 괴로울까? 매일 할 수 있는 공부를 찾아라. 그리고 그 공부를 이제 시작하자.

05 매일 할 자신이 없다면
계획을 수정하라

매일 공부를 할 수 없다면 두 가지가 잘 못된 것이다. 나에게 맞지 않는 공부를 하고 있거나 나에게 맞는 공부지만 공부법이 틀렸거나 둘 중 하나 일 것이다. 그래서 아무생각 없이 그냥 공부하지 말라고 하는 것이다. 공부를 하기 전에 뭐가 문제인지를 먼저 파악하고 공부를 하는 게 장기적으로 봤을 때 더 효율적이다.

'밑 빠진 독에 물 붓기'를 하고 있다면 더 열심히 물을 부울 게 아니라 먼저 구멍을 막고 물을 부어야 된다. 이게 비효율적으로 보이는가? 더 열심히 물을 부을 때 보다 더 천천히 더 여유롭게 물을 부어도 밑 빠진 상태였을 때보다 장독대에 더 많은 물을 채울 수가 있다.

목표도 없는데 동기부여 강연을 봐서 무슨 의미가 있을까? "당신은 할 수 있습니다. 그러니 포기하지 말고 계속 도전하세요."라고 말하는데, 내가 할 수 있는 게 뭔지 그 무엇을 모르겠는데, 무엇을 포기 하지 않고 계속 도전할 수 있을까?

"형, 그런데 아빠는 내가 컴퓨터만 하면 뭐라고 해!"

"컴퓨터로 뭘 하는데?"

"예전에는 게임만 했었는데, 요즘에는 이것저것 찾아보려고 해."

"아빠는 네가 컴퓨터로 뭘 하는지 모를 거야."

"맞아, 계속 쓸데없는 걸 한다고 생각을 하는 것 같아."

"그럼 형 같으면 이렇게 할 것 같아."

"어떻게?"

"삼촌은 네가 컴퓨터 하는 것 자체가 싫은 것 같아. 왜냐면 삼촌은 네가 공부를 해야 될 때라고 생각을 하시는데, 공부는 책으로 해야 한다는 고정관념을 갖고 계신 것 같은데?"

"그런가? 그럼 어떻게 해야 하는데? 컴퓨터는 절대 하면 안되는 거야?"

"아니지. 순서를 바꾸면 돼. 만약 검색을 하고 나서 책을 통해 공부를 했다면 아빠가 있을 때는 일단은 무조건 책을 통해 공부를 해. 아빠 때문에 공부 못했다는 핑계와 아빠와의 트러블을 피하는 거지."

"이 생각은 진짜 못 했는데, 그럼 검색이 필요할 때는 어떻게 해야 돼?"

"갑자기 검색이 필요하다면 간단한 검색이니 스마트폰으로 검색을 하면 되지."

"조금만 더 방법을 알려줘. 이해는 되는데 솔직히 스스로 생각을 해본 적이 없어서 어떻게 해야 되는지는 모르겠어."

여러분들도 이런 경우가 있을 것이다. 인터넷 강의를 듣고 있는 게 아니라면 어른들은 기본적으로 컴퓨터를 하는 걸 좋아하지 않는다. 고정관념이 그만큼 무서운 것이다. 내가 재영이라면 일단 내가 지금 어떤 공부를 할 것인지를 먼저 정할 것이다. 재영이는 현재 여행을 위해 공부 중이다. 여행을 준비하기 위해서는 인터넷 검색이 필수적이다. 그렇다면 삼촌이랑 마주치지 않는 시간에 자기가 찾고 싶은 여행지와 관련된 정보를 검색하면 된다. 그리고 그 지역에 정보를 자세히 알기 위해 읽어야 될 책들이 있다. 그 책들을 도서관에서 빌려서 아빠랑 마주칠 때 그 책을 보면 된다.

그리고 부모라면 자녀가 어떤 공부를 하고 있는지 기본적으로 궁금한 게 정상이다. 평소에 잘했다면 크게 신경을 쓰지 않겠지만 평소에 못했다면 도대체 뭘 공부하고 있는지 궁금할 것이다. 이때도 말하는 지혜가 필요하다. "여행 가려고 준비 중이에요."라고 말하면 "네가 내 허락도 없이 여행 준비를 한다고?"라는 말을 들을 수 있다. 나 같으면 "경기도 문화를 공부하고 있어요. 어떤 역사와 전통이 있는지, 현재 어떤 문화와 먹을거리가 있는지 공부하고 있어요."라고 이야기 할 것 같다. 이렇게 이야기를 하면 공부를 하고 있다는 느낌을 줄 수 있다. 실제로 공부를 하고 있는 것도 사실이다. 결국 여행 준비한다는 말과 같지만 그 결과는 달라진다. 부모가 가진 공부의 틀을 깰 수 없다면 말을 지혜롭게 하는 법을 배우자.

그리고 설득시킬 수 있는 건 설득시키면 되고 어떻게 해도 어쩔 수 없는 건 어쩔 수 없으니 걱정할 필요가 없다. 계속 공부할 수 있는 방법과 자신에게 더 적합한 방법을 찾으면서 자기만의 공부를 하면 된다. 제대로 성공하고 싶다는 절박함은 필요하지만 조급해 할 필요는 없다. 조급하다 보면 빨리빨리만 외치게 되고 그러면 실패를 통해 제대로 성장하는 과정을 놓치게 된다. 여유를 갖자. 그리고 작게라도 매일, 꾸준히, 지속적으로 실천하자.

06 시행착오를 통해 자신에게
가장 적합한 틀을 찾아라

자전거를 처음 배울 때 기억나는가? 넘어 질까봐 엄청 두렵다. 부모가 아무리 완벽하게 자전거 타는 법을 알려준다고 해도 소용없다. 너무 두렵기 때문에 그 이야기는 귀에 들어오지 않는다. 오히려 그 생각하다가 자전거를 타자마자 넘어질 수도 있다. 그럼 자전거를 잘 타기 위해서는 어떻게 해야 할까? 넘어질 수도 있겠지만 그 두려움을 극복하고 일단 자전거에 앉아 페달 위에 다리를 올려야 된다. 현재 여러분이 자전거를 탈 수 있는 건 두려움보다 기대감이 더 컸기 때문에 자전거를 탈 수 있게 된 것이다. 완벽한 계획 따위는 필요 없다. 자전거가 자기 몸에 익숙해질 때까지 계속 노력하는 것이 완벽에 가까워지는 길이다.

　국가대항전 축구경기를 볼 때 "밥만 먹고 축구하면서 저것도 못 넣어?"라는 생각을 한 적 있을 것이다. 축구선수들이 밥 먹고 축구에 많은 시간을 투자하는 건 사실이지만 아무리 완벽하게 연습을 해도, 실전과 연습은 다르다. 경기 전 축구선수들이 몸을 푸는 모습을 본적이 있는가? 차는 족족 공이 골대로 빨려 들어간다. 그러나 실전에는 변수가 너무 많다. 상대 수비수의 컨디션과 실력, 팀원들의 컨디션, 호흡, 긴장감, 그리고 자신의 컨디션, 긴장감에 따라서 연습 때와 다른 결과가 나올 수밖에 없다. 그래서 실전과 연습의 차이가 없는 선수가 월드 클래스 선수가 되는 것이다. 그 차이를 줄이기 위해 연습과 실전 경험을 하는 것이지 100% 완벽해지기 위해 연습을 하는 것이 아니다.

　지금 책상에 앉아서 자신의 공부계획을 적어봤을 때는 완벽하게 보일 수도 있다. 일단 며칠만 해보자. 실제로 해보면 예상과 다른 결과가 도출될 수 있다. 역시 내가 무슨 공부야! 라는 생각은 버리고, 어떻게 하면 자신에게 가장 적합한 틀을 찾을 수 있을지 생각해보고 조금씩 수정해나가면 된다. 그리고 다시 실천하면서 자신의 틀을 만들어나가면 된다.

"형, 내가 지금 여행을 가기 위해 많이 알아봤어."

"그래서 뭘 알게 되었는데?"

"우리나라도 갈 곳이 많다는 것과 그 곳들을 어떻게 효율적으로 돌아다닐 수 있을지 동선을 짜고 있어."

"잘 하고 있네."

"그리고 내가 대안학교에 다니고 있잖아? 내가 여행 가려고 하는 지역에 친구가 살고 있다면 친구 집에서 머물 수 있지 않을까 생각하고 있어."

"그리고?"

"그리고 오토바이를 타고 여행을 다니고 싶어서 오토바이 가격이랑 면허증 이런 것도 알아보고 있어."

"대단하네. 그래도 스스로 호기심을 갖고 뭔가 하고 싶은 게 생겼다는 게 감사하다."

"요즘 계획만 짜는데도 너무 행복해. 빨리 떠나고 싶어. 여행이 아니더라도 내가 계속 이런 식으로 공부하기 위해 일 년 휴학할까 생각도 하고 있어."

"형이 쓴 책이 뭐지?"

"형 책? 〈대학 가게? 그냥 사장 해!〉랑 〈10대, 교과서 대신 1000권의 책을 읽어라〉?"

"맞아. 내가 그런 책을 썼지만 너한테 해주고 싶은 말은 조금 더 신중하게 선택해야 된다고 말해주고 싶어."

"왜?"

재영이가 계획을 아무리 잘 세워도 솔직히 말해서 부모가 반대하면 끝이다. 그래서 이런 말을 해줬다.

"부모님이 여행을 못 가게 할 수도 있을 거야. 그럼 넌 이런 생각을 할 수 있어. '내가 정말 열심히 준비했는데, 정말 너무해. 앞으로 아무것도 안 할 거야!' 라는 생각을 할 수 있을 거야. 좌절감이 엄청 크겠지. 그런데 이렇게 생각했으면 좋겠어. 네가 여행을 가기 위해 준비했던 그 과정은 결코 헛되지 않았다는 걸. 그 열정과 에너지로 다른 공부를 한다면 네가 계속 성장할 수 있다는 생각을 했으면 좋겠어."

앞으로 여행뿐만 아니라 다양한 거절을 맛보게 될 것이다. 정말 열심히 준비했다고 뭐든 다 성공하는 건 아니다. 직장인들도 열심히 뭔가를 기획해서 자랑스러운 마음으로 기획서를 제출하지만 직장상사는 기획서 몇 줄 읽고 "이게 기획서야?"라고 말하며 기획서를 하늘 높이 던져 버릴 수도 있다.

거절 그 자체에 좌절하면 안 된다. 왜 거절당했는지, 분석할 수 있어야 되고 어떻게 하면 거절당하지 않을 수 있을지 생각해봐야 한다. KFC를 좋아하는가? KFC를 만든 커널 할랜드 샌더스는 65세에 그가 경영하던 식당이 망하면서 한순간에 알거지가 되었다. 그의 수중에 남은 돈은 사회보장금으로 지급된 105불이 전부였다. 유일하게 남은 트럭에서 잠을 자고, 주유소 화장실에서 면도를 하며 미국 전역을 돌아다녔다.

사람들은 "다 늙어서 무슨……."이라고 말하며 냉랭한 시선으로 자신을 바라봤지만 그는 신경 쓰지 않았다. 다만 샌더스 할아버지도 극복해야 될 시련은 있었다. 그가 믿었던 소중한 꿈이 사람들에게 외면당한다는 것이었다. 찾아가는 식당마다 그의 소스를 반기는 사람이 없었기에 그의 도전은 쉽지 않았다. 그렇지만 샌더스 할아버지는 '할 때까지…….될 때까지…….이룰 때 까지…….' 이 생각을 하며 절대 꿈을 포기하지 않았다. 몇 번이나 도전했을까? 무려 1008번이나 거절을 당했다. 그러나 그는 포기하지 않았고 다시 도전했고, 1009번 도전 만에 자신의 조리법을 받아들인 식당을 찾아냈다. 그 식당이 바로 오늘날 KFC 1호점이다. 그의 꿈이 이루어지는 순간 그의 나이는 65세였다. 100세 시대에 나이는 중요하지 않다. 10대든 60대 노인이든 자신의 꿈을 이루겠다는 마음을 먹고 포기만 하지 않는다면 결국 해낼 수 있다.

커다란 성공을 거둔 사람들에게는 두 가지 공통점이 있다. 그것은 시련에 결코 넘어지지 않는다는 것과 자신이 하고 있는 일에 자신감을 갖고 있다는 것이다. 막연한 자신감을 말하는 것이 아니다. 샌더스 할아버지는 자기의 핵심 역량인 요리법이 결코 하찮지 않다는 확고한 믿음에서 비롯된 자신감이었다. 자신의 틀이 틀리지 않았다는 신념을 갖고 있었던 결과 1009번째 식당 주인의 마음을 움직일 수 있었다. 그는 우리에게 말한다. "훌륭한 생각을 하는 사람은 많지만 행동으로 옮기는 사람은 드물다. 나는 65세가 넘도록 포기하지 않았다. 대신 무언가를 할 때마다 그 경험에서 배우고 다음번에는 더 잘 할 수 있는 방법을 찾아냈다."

"나는 녹이 슬어 사라지기보다 다 닳아 빠진 후 없어지리라"

이제 그는 세상을 떠나고 없지만 샌더스 할아버지의 도전과 꿈을 전 세계에 있는 13,000개 KFC 매장을 통해 느낄 수 있다. 그리고 흐뭇하게 웃고 계신 샌더스 할아버지를 여전히 KFC 매장에서 볼 수 있다.

누구나 한 번에 성공하면 가장 좋겠지만 한 번에 성공할 수 없을 수도 있다는 것을 인정하고 지금의 열정으로 계속 도전하고 공부하는 습관을 포기하지만 않았으면 한다. 희로애락, 거절, 좌절, 실패, 생각, 행동 등 그 모든 과정을 경험하고 있는 것이 최고의 공부 중이라는 것을 알았으면 한다.

07 　 남는 시간활용법

제대로 생각하고 제대로 공부하기 위해서는 자기가 정한 하루의 목표를 성취하는 게 가장 중요하다. 작은 목표라고 절대 무시하지 마라. 천리 길도 한 걸음부터 시작되고, 영어로 외국인과 1시간 동안 대화하기 위해선 첫 마디를 뱉을 수 있어야 된다.

그 첫 마디는 'Hello' 다. 내가 해야 될 일을 하고 대충 빨리 하고 쉬기 위해 'Hello' 를 급하게 써서 한 글자만 빠뜨리면 'hell' 이 된다. 빨리 안녕하기 위해서 빨리 지옥으로 갈 수도 있다. 아무 생각 없이 빨리빨리 목표만 성취하다 보면 그 길이 지옥길이 될 수도 있다는 말이다. 지옥으로 가지 않으려면 어떻게 할까? 자기가 정한 하루의 목표를 성취하는 것만큼 중요한 건 자기가 정한 하루의 목표를 뒤돌아보는 시간이 필요하다. 잘못된 목표를 향해 열심히 하고 있다면 목표를 수정할 수 있어야 된다.

"어이 놈팽이? 그만 좀 자지?"(깨우지 않으면 오후까지 잠을 잔다.)

"어? 일어났었는데, 좀비 꿈을 꿨어⋯⋯."

"잠꼬대 하긴 하더라. 살려달라고."

"그래도 오늘 10시전에 일어났으니 약속대로 햄버거 먹으러 가자!"

"그런데 넌 아침에 일어나기 위해 약속만 잡으면 잠꼬대를 하더라."

"내가 그랬나?"

"형이 밤에 자자는 말 안하면 계속 스마트폰을 보잖아?"

"형도, 새벽까지 스마트폰 볼 때가 있잖아?"

"맞아. 그런데 형과 너의 차이점이 뭔지 아니?"

"뭔데?"

"형은 새벽 2~3시까지 스마트폰을 하다가 잠을 자도 아침 7시에 일어나서 글 쓰겠다고 나와 약속을 하면 그 약속을 무조건 지켜."

"나는 아침에 못 일어나겠어."

"아침에 일찍 일어나고 싶으면 두 가지만 기억해. 일찍 잔다. 그리고 매일 아침 가장 소중한 자신과 중요한 약속을 잡는다."

"밤에 잠이 안 오는데?"

"조금 누워 있다가 잠 안온다고 바로 스마트폰을 보니까 잠이 안 오는 거야. 그러다 스마트폰 보면서 다시 잠이 깨는 거고, 다시 자기 위해 잠깐 누웠다가 바로 잠이 안 드니 또 스마트폰을 보는 거고, 악순환이지. 진짜 잠이 안 오면 성경책을 읽어봐. 그럼 바로 잠들 거야."

"뭐든 똑같이 하지 말고 실패를 하면 다른 방법을 시도해야되는 거구나."

"맞아. 그리고 넌 목표를 다 실천하고 나면 너무 오랫동안 스마트폰을 봐!"

"그것도 잘못된 거야?"

여러분들도 스스로 해야 할 일을 다 했다고 생각하면 그 뒤부터는 마음대로 놀아도 된다고 생각을 할 것이다.

'뭐야? 그럼 놀면 안 되는 거야?' 라고 생각할 수 있는데, 놀지 말라고 하는 것이 아니다. 10대 시절에는 정말 잘 놀고, 잘 먹고, 잘 봐야 된다고 생각을 한다. 내가 그랬다. 그 누구보다 잘 놀았고, 잘 돌아다녔다.

그런데 놀기 전 15분 정도만 자신에게 투자를 하고 놀았으면 좋겠다. 〈세바시〉라는 프로그램을 아는가? 〈세바시〉는 '세상을 바꾸는 시간 15분' 이라는 강연 프로그램이다. 세바시는 특별한 일을 한 사람을 강연자로 초대를 해서 15분 동안 청중들에게 자신의 이야기를 할 수 있는 기회를 제공해서 강연자의 경험과 지혜를 많은 사람들이 듣고 변화 될 수 있도록 돕기 위해 만든 프로그램이다. 나도 15분이면 충분히 세상을 바꿀 수 있는 시간이라고 생각한다.

습관이 되기 전까지는 15분 이상의 시간이 걸릴 수도 있다. 세바시에서도 강연을 많이 안 했던 강연자가 나오면 18분~20분 강연할 때도 있다. 그러니 습관이 되기 전까지 15분 이상 걸릴 수도 있다는 것을 인지해주길 바란다. 그럼 모든 목표를 끝내고 15분 동안 무엇을 하면 좋을까?

1. 오늘 했던 공부 피드백을 한다.

피드백을 할 때는 자신이 세운 목표에 맞는 공부를 했는지 살펴보는 게 중요하다. 방향성과 다른 공부를 했다고 하더라도 15분의 피드백을 통해 금방 원위치로 돌아올 수 있다. 그리고 남는 시간에 오늘 공부했던 양이 충분했는지를 살펴보자. 너무 많았다면 조금 줄이면 되고 부족했다면 내일 목표량을 조금만 상향해보자. 조금 올렸는데도 부담이 되지 않는다면 조금씩 공부량을 높이자.

2. 내일 공부할 준비를 미리 하자.

공부를 하기 위해 책상에 앉으면 바로 공부를 할 수 있어야 된다. 앉았는데 갑자기 물이 먹고 싶어진다면 처음부터 집중력이 깨진다. 냉장고에 물을 미리 넣어놨다가 처음 공부할 때 냉장고에서 바로 물을 들고 오자. 찾아야 되는 정보가 있거나 뽑아야 되는 자료가 있다면 미리 준비해 놓자. 만약 독서가 목표라면 책상 위에 내일 읽을 책을 미리 올려놓고 잠들면 된다.

15분만 잘 준비해도 여러분이 공부에 잘 집중할 수 있고, 공부에 잘 집중할 수 있으면 자신이 계획한 시간보다 더 빨리 오늘 해야 할 공부를 끝낼 수 있다. 빨리 쉬기 위해서 급하게 공부를 하는 것이 아니라 다음 공부에 집중하기 위해 휴식이 필요한 것이다. 그러니 대충 끝내고 쉬는데 초점이 맞춰지면 결국 발전은 없다. 형식적인 공부가 아니라 공부가 놀이가 되어야 한다. 동남아시아 여행 때 수영을 하기 위해 수영복을 미리 준비하고 수영 후 파라솔 밑에 앉아서 휴식을 취하는 이유는 남은 여행을 즐겁게 보내기 위해 꼭 필요하기 때문이다. 여행을 갔다고 해서 쉬지 않고 수영하는 사람은 없다.

많은 사람들이 자신을 잘 안다고 착각하기 때문에 자기 성찰 및 자기반성 없이는 자신의 상태를 파악할 수 없다. 자기를 안다고 착각하지 말자. 자신이 생각하는 자신의 모습을 다 적어보자. 그러면 자신이 생각했던 모습과 얼마나 다른 삶을 살고 있는지 객관적으로 자신의 모습을 볼 수 있다. 그리고 난 아침에 일찍 일어나야 될 때는 스마트 폰을 덮고 빨리 잠을 청한다.

08   직관과 센스는
머리가 좋은 것과 상관없다

애플을 만든 스티브 잡스, 20세기 최고의 과학자 아인슈타인, 르네상스를 대표하는 3대 예술가이자 못하는 것이 없었던 레오나르도 다빈치와 미켈란젤로는 타고난 천재였을까?

스티브 잡스, 아인슈타인, 레오나르도 다빈치, 미켈란젤로, 단테, 괴테 이 분들은 세상이 놀랄만한 것들을 보여준 인물은 맞다. 그런데 이들이 지구 역사상 가장 뛰어난 천재들은 아니었다. 우리나라에 IQ가 210인 사람이 있었다. 그가 일본 방송에 출연을 했을 때 '이런 천재는 인류의 보물이기 때문에 소중하게 키워야 한다.'고 극찬을 했고, 스페인 언론에서는 '세 살짜리 피타고라스' 라며 놀라워했다. 그런데 정작 우리나라 방송에서는 묘기대행진쯤으로 치부해버렸다. 한국의 한 다큐멘터리 프로그램에서는 "9세에 대학을 마칠 수 있다던 신동은 평범한 대학생이 되었습니다."라고 말하기까지 했다.

왜 이렇게 되었을까? 천재소년이라는 소리를 들으며 가난한 한국을 살릴 큰 인물이 되라고 끊임없이 세뇌를 받다 보니 자신의 소중한 어린 시절이 증발해버렸다고 한다. 뛰어난 두뇌로 스스로 생각을 하고 그 생각을 현실화시키기 위해 지식을 쌓고, 정보를 찾고, 새로운 것을 발명하거나 발견할 수 있는 시간이 필요한데 이 천재에게는 그런 시간이 허락되지 않았다.

세계평화가 삶의 목표였던 그는 자신이 천재인 것만 증명해야 되는 문화 속에서 무수히 방황 했다고 한다. 그가 불행하다고 말하는 것이 아니다. 인재를 활용하지 못한 대한민국 교육 시스템이 안타까울 뿐이다. 그는 " '내가 천재다'라고 말한 적이 한 번도 없단 말이에요. 왜 올려놨다가 다시 떨어트리느냐 말입니다." 그는 자신에게서 증발해버린 어린 시절을 보내고 있는 아이들을 지켜보는 것이 너무 행복하다고 말한다.

"재영아, 넌 천재들을 어떻게 생각해?"

"뭐든지 잘 외우는 사람? 특별한 재능을 가지고 있는 사람? 이런 거 아닌가?"

"네가 아는 천재들이 누가 있을까?"

"에디슨? 워런 버핏도 주식천재 아닌가? 그리고 형?"

"그렇게 생각해주니 고맙네."

"갑자기 그건 왜 물어봐? 천재소리 듣고 싶어서?"

"그건 아니고, 천재는 타고나는 걸까? 아니면 만들어지는 걸까?"

"어느 정도 타고나야 되는 거 아니야?"

"그럼 넌 절대 천재가 될 수 없겠네? ㅋㅋㅋ"

"아 뭐야! 놀리려고 하는 말이야?"

"아니, 천재에 대해 스스로 정의내릴 수 있었으면 좋겠다는 생각이 들어서 하는 말이야."

"형은 그럼 어떤 사람이 천재라고 생각을 하는데?"

내가 생각하는 천재는 한 번 보면 다 외우고, 처음 듣는 언어를 며칠 만에 마스터하는 존재가 아니다. 내가 생각하는 천재는 하나의 사물에 호기심을 가질 수 있는 능력과 한 사물을 여러 가지 방면으로 바라보며 다양하게 생각할 수 있는 능력을 통해 그 생각들을 자신만의 상상의 세계로 옮겨와서 그 상상을 현실로 만들기 위해 포기하지 않고 도전하는 사람이 천재라고 생각한다.

쉽게 말해서 호기심과 끈기, 집중력을 갖고 자신이 필요한 지식과 정보를 끝까지 찾아내는 능력, 자신의 상상을 현실화시키기 위해 포기하지 않는 사람이 천재라고 생각한다. 미켈란젤로는 "인간은 그의 손으로 그림을 그리지 않는다. 그의 두뇌로 그림을 그린다. 모든 대리석은 그것의 내부에 조각상을 가지고 있으며 그것의 참된 모습을 드러내는 것이 조각가의 일이다. 최고의 예술가는 대리석의 내부에 잠들어 있는 존재를 볼 수 있다. 조각가의 손은 돌 안에 자고 있는 형상을 자유롭게 풀어주기 위하여 돌을 깨뜨리고 그를 깨운다. 조각하는 일은 쉬운 일이다. 표면을 보지 않고 그 내면을 보면 되기 때문이다."라는 멋진 말을 남겼다.

이것을 내 언어로 바꿔볼까? "여러분은 여러분의 손으

로 인생을 그리지 않는다. 여러분의 두뇌로 인생을 그린다. 모든 인간은 그것의 내부에 자신만의 꿈을 가지고 있으며 그것의 참된 모습을 드러내는 것이 여러분의 일이다. 최고의 천재는 자신의 내부에 잠들어 있는 존재를 볼 수 있다. 여러분의 손은 자신 안에 자고 있는 형상을 자유롭게 풀어주기 위하여 자신을 깨뜨리고 자신을 깨운다. 자신을 찾고 꿈을 이루는 일은 쉬운 일이다. 세상의 기준과 현재 자신의 겉모습만 보지 않고 여러분의 내면을 보면 되기 때문이다."

미켈란젤로는 자신을 천재라고 생각하지 않았다. 미켈란젤로는 "나는 가능한 한 오랫동안 살아가기 위해 신이 나에게 유일하게 준 예술을 할 수 있는 재능으로 노동하며 살아가는 가난한 사람이자 별 볼일 없는 사람이다. 진실 된 예술작품은 신의 완전함의 그림자일 뿐이다. 이 세상의 약속은 대부분 헛된 환영이다. 그리고 그 자신을 신뢰하고 가치 있는 존재가 되려고 노력하는 것이 최선책이자 가장 안전한 길이다. 신념은 그 자신에게 이르는 최고

이자 가장 안전한 길이다."라고 말했다. 진짜 천재는 자신을 믿고 묵묵히 자신의 길을 걷는 사람이다. 미켈란젤로는 스스로를 천재라고 생각하지 않았지만 전 인류가 미켈란젤로는 천재라고 생각하지 않는가! 자신을 전문가라고 말하는 사람을 조심하자. 그 사람은 자기만 정답이라고 생각하기 때문에 이미 과거에 성장이 멈춘 상태다.

자신을 믿자. 여러분도 천재가 될 수 있다. 답이 정해져 있는 문제, 시험 잘 치기 위해 하는 공부는 여러분들을 바보로 만들 뿐이다. 먼저 자신의 존재 가치를 찾고 자신의 호기심을 이끄는 그것을 찾아서 그것을 공부하자. 그것이 하찮게 느껴지는가? 그래서 그것을 공부하는 걸 부끄럽게 생각한다. 파브르는 개미와 메뚜기에 호기심이 생겼고, 곤충에 사랑에 빠졌다. 그 결과 어떻게 되었는가? 곤충학계의 최고 권위 있는 천재가 되었다.

천재가 되기 위해서는 직관과 센스가 필요하다. 직관과 센스는 어디에서 오는지 아는가? 호기심에서 온다. 자신의 호기심을 현실화시키기 위해 읽었던 책, 동영상 등이 여러분의 머리 안에서 자유롭게 뛰어 놀수 있게 놔두면 그것들이 새로운 뭔가를 발명하거나 발견할 수 있게 해주는 것이다. 자신이 사랑하는 일을 하자. 자신이 사랑하는 일을 해야지만 압도적으로 지식과 정보를 모을 수가 있다. 그 지식과 정보를 어떻게 활용할지 응용하고 융합하다보면 새로운 발명과 발견이 탄생하게 되는 것이다.

결국 직관과 센스는 시각의 차이에서 나온다. 직관이 좋다는 건 판단이나 추리 따위의 사유 작용을 거치지 아니하고 대상을 직접적으로 파악할 수 있는 능력을 말한다. 이 능력은 그 대상에 대해 제대로 알고 있어야지만 할 수 있는 것이다. 센스도 마찬가지다. 상황을 다양하게 바라보며 긴장하지 않고 그 상황을 가지고 놀 수 있을 때 센스가 나온다. 개그맨들이 누군가를 웃길 때 긴장을 한다면 센스 있는 말을 할 수 있을까? 또한 센스는 두려움이 없어야 된다. '내가 이 말을 했는데 안 웃으면 어떻게 하지?' 라는 생각이 드는가? 박명수가 이런 말을 한 적이 있다. "어떻게 10번을 다 웃길 수가 있니? 그중에서 1~2번만 웃기면 되지." 그렇다! 두려워하지 말고 당신의 센스를 세상에 더하기 위해 노력하자. 10번 도전해서 8번 깨질 수 있다. 그렇지만 1~2번은 어느 정도 성과를 낼 수가 있다. 깨지더라도 계속 도전하다보면 성과들이 쌓이게 될 것이고 그 결과 성공하는 횟수도 늘어나게 될 것이다. 성공하는 횟수가 늘어나는 것도 중요하지만 1~2번 성공했던 것 중에서 세상을 놀라게 할 만한 작품을 만들어낼 수도 있지 않을까? 그것을 찾고 그것을 계속 계발하는 게 그게 진짜 공부다.

미켈란젤로가 천재 조각가가 될 수 있었던 것은 인문학, 해부학, 수학, 과학 등 다양한 지식을 자신의 조각에 표현했기 때문이다. 그래서 다양한 학문을 필요한 것이지, 시험을 잘 치기 위해 다양한 학문이 필요한 것이 아니다.

마지막으로 미켈란젤로가 했던 말로 이 장을 마무리 하

려고 한다.

"대부분의 사람들에게 가장 위험한 일은 목표를 너무 높게
잡고 거기에 이르지 못하는 것이 아니라 목표를 너무 낮게 잡고
거기에 도달하는 것이다.",

"나는 아직도 배우고 있다."

Part —● 04

제4장

휴식과 나눔도
필요하다

재영이의 깨달음

　나는 변한 줄 알았다. 학교로 돌아가서 책도 열심히 읽고 수업도 예전보다 열심히 참여했다. 그리고 다시 대만에 3개월 동안 가서 예전보다 더욱 남들을 배려하려고 노력했고 공부도 열심히 해서 중국어 자격증 시험에 또 합격했다. 그렇게 다시 한국으로 돌아갔고 미국이나 유럽 쪽 대학교 가는 것을 목표로 다시 공부를 했다. 안하던 공부도 열심히 했고 학교생활도 나름 최선을 다했다. 코로나 때문에 사촌형 집에 가기 전 까지 나는 변했다고 느껴왔다. 하지만 나는 변화된 게 없다는 걸 사촌형과의 대화를 통해 다시 깨닫게 되었고 형이 자기의 말이 정답은 아니라곤 했지만 나는 형 말이 정답처럼 느껴지면서 내 생각이 잘못됐다는 것을 알게 되었다. 오고 나서 이틀 후부터 나는 형과의 대화를 통해 점점 나의 잘못된 부분을 깨닫고 잘못된 생각을 개선하려고 했지만 평소에 생각하는 것이 쉽다는 생각을 해 와서 생각은 안하고 쓸데없는 말을 뱉는 것이 습관이 돼서 정말 힘들었다. 하지만 조금이라도 더 생각하려고 노력하고 일어나자마자 30분 동안 생각하자는 목표를 세워서 실천하는 중이다. 원래의 나라면 계획을 세워놓고 바로 깼기 때문에 이번에도 별로 기대를 안했는데 이번에는 정말 변화고 싶었나 보다. 나는 일어나자마자 생각을 가장 먼저 했고 그 생각 결과 계속 내 가슴속에 전국여행을 가고 싶다는 생각이 떠올랐다. 나는 여전히 게으르지만 그래도 전국여행을 가기 위해 많이 알아보는 중이다. 그리고 전국여행을 위해 생각하는 것 말고도 나에게 꼭 필요한 대화, 책 읽기, 영어 공부, 운동 등을 하루도 빠짐없이 꾸준하게 실천하는 중이다. 물론 안 해오던 것을 해서 힘들지만 나에게 정말 필요하다는 것을 알기 때문에 계속해서 실천할 것이고 특히 생각하는 것이 얼마나 중요한지 내가 얼마나 생각을 안했

는지 이번 기회에 깨닫게 되어서 여전히 어렵지만 항상

생각 할 수 있도록 노력하며 살 것이다.

공부 열심히 한다고 안심하지 마세요

01 　누굴 위한 SKY 캐슬인가?

　　초등학생의 책가방을 들어 본 적 있는가? 가방에 벽돌을 몇 개 넣은 것처럼 엄청 단단하고 무겁다. 내가 초등학생일 때와 비교해보면 초등학생들의 가방만 무거워진 게 아니다. 초등학생들의 스케줄 또한 우리 때와 비교할 수 없을 정도로 살인적인 스케줄을 소화하고 있다.

　　학교 → 학원 → 학원 → 집 → 저녁 → 숙제 → 잠

　　초등학생들의 스케줄을 보면 쉬는 시간이 없다. 과연 그들은 무엇을 위해 저렇게 열심히 공부 하고 있는 걸까? 어른들은 학생들에게 "다 너 좋으라고 시키는 거야. 공부

해서 남 주니? 너 잘 되라고 하는 거지!"라는 말을 너무 쉽게 한다. 그런데 나 잘되라고 시키는 공부에 정말 내가 있을까? 대한민국은 OECD 국가 중 청소년 자살률 1위 국가다. 2003년 이후 한국은 무려 12년 넘게 자살률 1위를 기록하고 있다. 2017년 기준 인구 10만 명당 7.7명으로 매년 2천 명 이상의 청소년들이 자살을 하고 있다.

청소년들이 자살하는 이유를 보면 1위가 학업이고 2위가 스마트폰 중독으로 인해 부모님 또는 선생님들과 마찰이 있거나, 학업 성적, 신체 활동 등에 있어 스트레스가 있는 경우인데 결국 자살하는 두 번째 이유도 학업에 있다. 뉴스에 간혹 전교 1등 하던 학생이 전교 2등을 하고 난 후 부모님께 혼이 날까봐 극도로 두려움을 겪게 되면서 그 스트레스로 인해 자살을 하거나 부모를 칼로 찔러 살해했다는 내용을 한 번이라도 들어 본적이 있을 것이다.

최근 한국 교육의 문제를 알리기 위해 〈SKY 캐슬〉이라는 드라마도 나왔지만 의도했던 결과와는 다르게 〈SKY 캐슬〉 공부법과 강남 엄마들의 패션이 유행하는 안타까운 현상만 발생했다. 극중에서 입시코디네이터로 나오는 김주영은 딸 강예서의 시험 성적에 불안해하는 한서진에게 "저를 전적으로 믿으셔야 합니다. 어머니 그저 저만 믿으시면 됩니다."라고 말을 하며 안심을 시키려고 한다. 왜 자녀의 고통, 상태, 하소연을 믿어주지 않고 입시코디네이터를 믿어야 하는 걸까?

"뭐해?"

"그냥 쉬고 있는데?"

"침대에서만 쉬지 말고 산책가자."

"그래. 좋아!"

"내일부터는 운동도 해볼까?"

"안 그래도 집에만 있으니 좀 뻐근해서 좀 나가고 싶어."

"집에만 있으니 답답하지? 나도 미쳐버릴 것 같다."

"그래도 형 집에 와서 매일 팔굽혀펴기도 100개 이상하고 형이 턱걸이 알려줘서 턱걸이도 매일하고 있어."

"그래. 공부만 한다고 공부를 잘 할 수 있는 게 아니야. 공부를 하기 위해서는 체력도 중요하지. 그리고 24시간 앉아 있다고 집중이 되겠니?"

"맞아, 오히려 미쳐버릴 것 같아."

"재영아, 혹시 세르토닌이라는 호르몬을 알아?"

"그게 뭔데?"

"행복 호르몬이라고, 세르토닌이 몸에서 활동하면 스트레스와 갈등을 줄여준다고 해."

"그건 어떻게 하면 생기는 건데?"

"그냥 생각 없이 쉴 수 있는 시간을 자신에게 허락하면 돼. 그 시간이 낭비되는 시간이라고 생각하지 말고!"

"아, 그래도 형 집에 와서 요즘 재밌는 것 같아."

"그럼, 다행이네. 내일부터 배드민턴도 치면서 몸 좀 움직이자."

그 누구도 24시간 동안 쉬지 않고 공부 할 수 없다. 적당히 규칙적인 생활을 하지 않으면 여러분의 몸은 스트레스를 받게 된다. 며칠 뒤에 중요한 시험이라면 어쩔 수 없이 밤새워서 공부해야 하지만 매일 이런 식으로 공부를 하게 되면 장기적인 공부를 할 수 없게 된다. 손미나 아나운서는 수능을 앞둔 여름방학 때 대학 교수였던 아버지를 따라 대학교에서 시간을 보냈다. 학교는 자연과 어울려져 있는 곳이었다. 점심시간과 산책 시간을 제외하고는 손미나 아나운서의 아버지는 어떤 터치도 하지 않으셨다고 한다. 대신 한 마디만 해주셨다. "쉬고 싶으면 쉬고, 책보고 싶으면 책보고 알아서 해." 모든 친구들이 수능을 향해 오로지 전력질주만 하면서 지쳐갈 때 손미나 아나운서는 방학 때 정말 잘 쉬었다고 한다. 손미나 아나운서가 수능을 망쳤을까? 휴식으로 인해 오히려 에너지와 컨디션이 Full로 충전이 되서 가벼워진 머리로 공부 할 수 있었고 그 결과 좋은 성적을 얻을 수 있었다고 한다.

〈SKY 캐슬〉 드라마에서 노승혜는 "내 꿈은 다 포기하고 살아왔는데, 내 인생이 빈껍데기 같아요. 이렇게 허무할 수가 없어요. 열세 살 그 어린 것을 떼어놓고 성적 잘 나온다고 좋아만 했어요."라고 말하는데 작가가 우리에게 진짜 해주고 싶었던 말이 아닐까?

책상에 앉아서 공부만 하면 다 되는 줄 알았다. 성적이

제일 중요한 줄 알았다. 성적? 대학? 아무것도 아니다. 거저 주어진 시간이 얼마나 소중한지 알았다. 눈뜨면 거저 생기는 시간이 얼마나 소중하냐. 이렇게 소중한 시간을 성적 올리자고 문제나 풀면서 낭비할 수는 없다. 내가 누군지 앞으로 어떻게 살아야 할지 자신을 탐색할 시간이 필요하다. 힘없는 자에게 세상에 얼마나 가혹한지 뼈저리게 느낀 어른들의 유일한 탈출구는 왜 대학일까? 힘은 내가 어느 대학을 나왔는지 보다 내가 누군지, 어떤 사람인지, 뭘 위해 사는지, 그게 선명할 때, 그게 뚜렷하고 확실할 때 나오는 거 아닌가? 〈JTBC, SKY 캐슬 대사 중〉

자식을 자랑거리로 삼으려고 키우는 게 진정 좋은 부모일까? "한 문제도 안 틀리겠다."고 다짐하는 예서에게 김주영은 "절대 너 자신을 믿지 마! 아는 문제도 의심하고 또 의심해"라고 말한다. 나는 여러분들에게 반대로 말하고 말해주고 싶다. 이 세상에 그 누구도 여러분을 믿어주지 않는다고 하더라도 어떠한 상황에서도 자신을 믿어야 된다. 자신이 자신을 믿지 못하면 극단적인 길을 선택할 수 있기 때문이다.

학력고사 1등 출신 대학병원 강준상은 자신의 출세욕으로 인해 숨겨진 딸 혜나가 죽었다는 사실을 알고 절규한다.

"어머니가 공부 열심히 하라고 해서 학력고사 전국 1등까지 했고, 어머니가 의대에 가라고 해서 의사가 됐고, 어머니가 병원장 되라고 해서 그거 해보려고 기를 쓰다가, 내 새낀 줄 모르고, 내가 죽였잖아요. 저 이제 어떻게 하냐고요. (중략) 날 이렇게 만든 건 어머니라고요. 그까짓 병원장이 뭐라고. 내일모레 쉰이 되도록, 어떻게 살아야 할지도 모르는 놈으로 만들어놨잖아요. 어머니가!"
⟨JTBC SKY 캐슬 대사 중⟩

이 절규가 이제라도 더 이상 우리 청소년들의 절규가 아니길 바란다.

02 공부만큼 휴식도 중요하다

나는 어느 순간부터 글을 쓰는 게 직업이 되어버렸다. 감사하게도 다른 작가들 보다 글 쓰는 속도가 월등하게 빠르다. 빨리 쓴 책은 하루 만에 완성한 책도 있다. 내가 대단해 보이는가? 그런데 난 사람들에게 "전 작가가 아니에요."라고 말한다. 그럼 난 뭘까? 난 내 생각을 말로 표현할 뿐이다. 이게 작가가 아니냐고? 어느 정도 작가다.

어느 정도 작가라고 말하는 이유는 작가라는 이름으로 나를 한정 짓고 싶지 않기 때문이다. 내 생각을 글로 표현하면 작가가 되고 말로 표현하면 강사고, 영상으로 표현하면 유튜버가 되기도 한다. 글쓰기 Tip으로 말하듯이 글을 쓰는 게 중요하다는 글을 본적이 있다. 그런데 나의 지인들은 내가 쓴 글을 보면 내가 진짜 말하는 것 같다고 말한다. 심지어 독자 중에서는 글속에서 경상도 사투리가 있다며 오랜만에 고향에 온 기분이 든다고 말하는 사람도 있었다. 내가 사투리가 심한 건 알았지만 글을 쓸 때도 사투리를 쓰는지는 꿈에도 몰랐다. 그런데 난 진짜 말하듯이 글을 쓴다. 하루 만에 글을 쓸 수 있는 비결도 글쓰기 천재라서 가능한 것이 아니라 할 말이 너무 많아서 그냥 하고 싶은 말을 주절주절 쓰다 보니 한 권의 책 분량만큼 쓸 수 있는 것이다. 그래서 쓰고 싶은 주제가 생기면 미친 듯이 내 생각을 글로 표현한다.

　나는 어렸을 때부터 정말 말이 많았다. "제발 좀 조용히 해라"라는 말을 하루에도 수없이 들었다. 그때 내가 말을 멈췄더라면? 난 몇 시간 동안 강연할 수 있는 근육을 만들지 못했을 것이다. 그래서 난 절대 버려지는 시간은 없다고 생각한다. 결국 그 시간들이 모여 지금의 내가

공부 열심히 한다고 안심하지 마세요

존재 하는 것이다. 난 글도 정말 빨리 쓰지만 말하는 속도도 정말 빠르다. 내가 강연 때 1시간 동안 하는 이야기를 다른 강사가 했다면 3~4시간은 할 수 있는 말의 양과 속도다. 압도적으로 하고 싶은 말이 많기 때문에 엄청난 속도로 이야기를 쏟아낸다. 그런데 아이디어가 떠오르자마자 바로 노트북에 앉아서 글을 쓰거나 강연을 준비하는 것이 아니다.

"네가 볼 때 형, 놈팽이 같지? 볼 때 마다 누워있고 하루 종일 폰만 보니까?"

"어? 그렇게 까지 생각 안 해봤는데?"

"그럼. 다행인데, 형은 머리에 휴식을 주고 있는 거야!"

"나도, 지금 나에게 휴식을 주고 있어!"

"너는 휴식을 주고 있는 게 아니라 휴식만 주고 있었잖아!

뭐 요즘에는 잘 하고 있지만!"

"그래, 나도 달라지고 있다고."

"그건 인정! 그런데 형은 글을 써야겠다고 생각을 하면 일단 당분간은 아무것도 안 해!"

"왜? 글 쓰고 싶다면 바로 까먹기 전에 바로 앉아서 글 써야 되는 거 아냐?"

나는 글을 쓰고 싶으면 일단 무작정 쉰다. 대신 막연하게 쉬는 것이 아니다. 쉬면서 내 머리가 글을 쓰기에 가장 좋은 상태가 될 수 있도록 쉰다. 그러면서 유튜브를 보거나 책을 볼 때 처음에는 아무생각 없이 아무 영상이나 본다. 자유롭게 영상을 보다가 '어? 이거 책에 참고하면 좋겠는데?' 생각이 들면 일단 스마트폰 메모에 기록해 놓는다. 가끔 메모하는 것도 귀찮을 때가 있다. 이때는 캡처 기능을 활용해서 그 장면을 캡처 해 놓는다. 그리고 글을 쓸려고 할 때 캡처 했던 사진에 나와 있는 유튜브 제목을 다시 검색해서 그 동영상을 다시 보면서 참고를 한다. 책도 마찬가지다. 그냥 아무거나 읽는다. 그러다가 필요한 부분이 생기면 스마트폰 카메라로 사진 한 장 남겨 놓는다. 그래서 내가 쓰는 분야는 주로 자기계발 쪽인데도 불구하고 무라카미 하루키 작가의 〈기사단장 죽이기〉나 김진명 작가의 〈직지〉 속 내용들이 나올 때가 있는 것이다. 나는 독서 관련된 책을 쓸 때나 글쓰기, 공부법 등과 관련된 글을 쓸 때도 그 분야의 책은 단 한 권도 읽지 않았다. 내가 만약 자기계발 책만 읽거나 내가 쓰려고 하는 분야만 쉬지 않고 계속 생각했다면 글의 내용이 다양하지 못했을 것이다.

지금 열심히 공부만 하고 있는가? 그럼 곧 지쳐 쓰러지게 될 것이다. 직장인들도 주 5일 근무하고 주 2일은 휴식을 가진다. 하루의 시간을 보더라도 직장인들은 8시간 잠을 자고 8시간 근무를 하고, 8시간 정도 휴식을 갖는다. 학생들도 하루의 시간 중에 꼭 자신을 위해 휴식시간을 확보해야 한다. 쉬는 걸 혼내는 부모가 있다면, 부모도 집에서 TV를 보거나 스마트폰을 보지 말아야 한다. 부모 중에 "난 일을 다 끝내고 이제 집에 와서 쉬는데 무슨 말이야!"라고 말하는 부모가 있을 텐데 과연 부모의 직장상사도 당신이 일을 다 끝내고 쉰다고 생각할까? 그건 직장상사와 부모가 잘 알 것이다.

그러니 부모와 학생들에게 부탁한다. 학교나 세상이 정해준 일정에 맞춰 자녀들을 공부시키지 말자. 자녀 스스로 무엇을 배우고자 하는지, 어디에 흥미가 있는지, 그들은 어떤 방식으로 공부를 해야 즐겁게 공부할 수 있는지 스스로 파악할 수 있게 시간을 주자. 진짜 고수는 공부할 때는 즐겁게 공부하고, 쉴 때는 아무걱정 없이 100% 즐겁게 쉴 수 있는 사람이다.

03 자신의 재능으로 누굴
도울 수 있을지 생각하자

사람들은 직업과 나눔은 별개의 일이라고 생각한다. 의사나 간호사처럼 직접적으로 누군가를 돕는 일이 아니라면 자신이 하고 있는 일로 누군가를 도울 수 없다고 생각을 한다. 이것은 정말 잘못된 생각이다. 동네 슈퍼를 운영하는 것도 누군가를 돕고 있는 것이다. 그 슈퍼로 인해 동네사람들이 간단한 껌과 물이라도 구매할 수 있기 때문이다. 나눔은 멀리 있는 것이 아니다. 바로 우리 삶에 포함되어 있다. 동네 슈퍼 사장님이 누군가를 조금 더 도울 수 있는 방법은 없을까? 이것까지 생각해보고 실천하는 사람이 많아진다면 우리 사회는 정말 따뜻한 사회가 될 것이다.

만약 내가 동네 슈퍼를 한다면, 1~2주에 한 번 정기적으로 슈퍼 근처에 있는 보육시설이나 노인정에 간식을 갖다 드릴 것이다. 이것만 꾸준히 실천해도 누군가를 좀 더 도울 수 있다. 그리고 덤으로 동네 슈퍼의 이미지까지 좋아질 것이다.

"재영아, 아직 네가 뭐해야 할지 찾지 못했지만 그래도 네가 요즘 많이 달라졌잖아?"

"그렇지. 요즘 영어 공부도 매일 하고, 운동도 매일 하고, 책도 하루에 한 권 읽고 있어."

"그래, 제대로 공부하고 있는 것 같아. 영어공부는 어떻게 하고 있어?"

"형이 준 〈오로지 대한민국에서 영어 두뇌 만들기〉 책 다 읽었단 말이야."

"안 어려웠어?"

"책에서 '구와 절' 설명해주는 부분이 있었는데 설명이 어려워서 이해를 못하겠는 거야. 그래서 유튜브에 '구와 절'을 검색해봤더니 '구와 절'을 설명해주는 영상이 많더라고, 그중에서 〈개초보 영문법〉 영상을 들어봤는데 진짜 쉽게 설명 잘 해줘서 이해됐어."

"오, 진짜 제대로 공부하고 있네. 내가 〈10대, 교과서 대신 1000권의 책을 읽어라〉에서 책과 유튜브를 잘 활용하면 공부할 수 있다고 적어놨는데 네가 제대로 실천해주고 있네."

"형이 왜 학원을 가는 걸 이해 못하는지 알겠어."

"그렇지? 자기가 모르는 부분이 있으면 유튜브나 책을 활용해서 그것만 공부하면 되잖아? 그럼 내가 몰랐던 부분의 궁금증이 해결되면서 얼마나 재미있겠어, 그런데 학교 공부와 학원은 정해진 진도 안에서 공부를 해야 하니까 내가 알든 모르든 중요하지 않아. 그냥 수업만 하면 되지."

"진짜, 고모가 왜 형 키울 때 돈 거의 안 들었다고 했는지 이제 알겠어."

"그래, 나 때보다 지금 네 시대가 더 돈 없이도 공부하기 좋은 세상이 되었어. 유튜브랑 도서관만 이용하면 진짜 거의 공짜로 공부 할 수 있잖아? 그것보다 더 좋은 게 어디 있어? 그런데 학원비나 과외비로 몇 십만원에서 몇 백만원 사용하는 걸 보면 진짜 돈이 아까워. 그걸로 차라리 소고기나 사먹지."

"그럼 우리 내일 소고기나 먹을까?"

"네가 사 줄 거야?"

"아니, 형이?"

"그런데 재영아, 형의 재능으로 지금 널 멘토링 해주고 있잖아?"

"음, 진짜 고마워."

"고맙다고 해달라는 게 아니라, 난 평소에 미안한 마음이 있었어. 수많은 학생들을 멘토링 해줬는데, 정작 가장 중요한 사촌동생들 멘토링을 못해줬던 게 미안했는데, 이번에 너를 멘토링 해주면서 그 미안함이 많이 사라졌어."

"내가 큰일을 했네?"

"응, 형이 지난번에 도움은 절대 일방적일 수 없다고 이야기해줬잖아? 내가 널 일방적으로 도와준 것처럼 느낄 수도 있지만 너도 나를 도와줬어. 가족들을 멘토링 해주는 게 어렵다는 걸 배웠고, 더 감사한 건 내가 널 도와주면서 책도 한 권 쓸 수 있게 됐잖아. 절대 나눔은 일방적일 수가 없어."

"그렇구나. 그럼, 책 많이 팔리면 형이 소고기 사!"

"알겠어. 마지막으로 한 가지만 부탁하자."

"뭔데?"

"나한테 배운 걸 학교 친구들한테 가르쳐줬으면 해. 그리고 나중에 코로나 바이러스가 끝나서 대구로 돌아갈 수 있게 되면 너희 형이랑 준규형한테 형이 말해준 공부법을 좀 전수해줘. 자신의 소중한 것을 나눠줄 수 있는 것, 그게 진짜 나눔이야."

학생이라면, 커서 직업을 가졌을 때 나눔을 실천할 수 있을까? 절대 아니다. 난 진해 끌림 독서모임 강사로 활동을 하고 있다. 참가자들이 내 책으로도 수업 한 번 하자고 해서 내가 쓴 〈미라클팬슬〉로 모임을 한 적이 있다. 〈미라클팬슬〉은 내가 왜 나눔을 하고 있는지, 작은 재능으로 어떻게 누군가를 도울 수 있는지 등의 내용을 담고 있다. 〈미라클팬슬〉을 설명하다가 최근에 내가 했던 나눔에 대해 이야기를 해줬다.

공부 열심히 한다고 안심하지 마세요

"부산 남포동에 용두산 공원이라는 곳이 있어요. 그곳은 어르신들이 많이 오시는 곳이에요. 거기에 바둑을 두고 계신 어르신들이 많이 계시기에 옆에서 잠깐 구경하다가 "용두산 공원 자주 오세요?"라고 물어봤더니 자주 오신다고 하시기에 한 가지를 더 여쭤봤어요. "용두산 공원의 불편한 점은 뭐에요?"라고 여쭤봤더니 그곳에 면세점이 생기면서 용두산 공원에 있던 모든 자판기를 없애버렸다고 해요. 이야기를 듣고 전 인사를 드리고 용두산 공원을 내려 왔어요. 그리고 자갈치에 있는 하나로 마트에 가서 음료수 40개 정도를 사서 다시 용두산 공원으로 돌아왔어요. 그리고 거기 계신 모든 어르신들한테 음료수를 하나씩 드렸어요."

이 이야기를 독서모임 때 했었다. 그리고 몇 주 뒤 독서모임을 하던 중 변민정 선생님께서 이런 이야기를 해주셨다. "안작가님이 용두산 공원 이야기 해주셨잖아요? 우리 아들한테 그 이야기를 해줬더니, 어느 날 저녁에 친구랑 저녁을 먹고 온다는 거예요. 그래서 집에서 저녁을 안 먹고 왜 밖에서 먹는지 물어봤더니 친구 중에 가정형편이 어려운 친구가 있는데 그 친구 햄버거 사주고 싶어서 그 친구 만나러 간다는 거예요. 그래서 갑자기 왜 그런 행동을 하는지 물어봤더니, 안병조 작가님 이야기를 듣고 보니 나눔이 대단한 게 아닌 걸 깨달았대요. 그리고 주변사람들부터 챙겨야 된다고 하신 말씀을 듣고 실천을 하는 거라고 하네요. 우리 아들 기특하죠?"

나눔은 멀리 있지 않다. 본인이 수학을 잘한다고 생각을 하는가? 그럼 수학을 조금 못하는 친구를 가르쳐 주는 것도 나눔이다. 학교 가는 길에 쓰레기가 많았는가? 그럼 학교 마치고 종량제 봉투 하나 사서 매일 쓰레기는 줍는 것도 이웃주민들에게 나눔을 실천하는 것이다. 혹시 아는가? 매일 쓰레기 줍다가 이슈가 돼서 〈세상에 이런 일이〉나 모범시민으로 뽑혀 유명인사가 될 수 있을지!

대단한 사람이 나눔을 실천하는 것이 아니다. 작은 나눔이라도 실천하는 자가 대단한 사람이다.

공부 열심히 한다고 안심하지 마세요

04   같이 성장할 친구를 찾자

톰은 제리가 있었고, 미키 마우스는 미니 마우스가, 코카콜라는 펩시가, 바르셀로나는 레알 마드리드가 있었다. 만약 코카콜라 옆에 펩시가 없었다면 코카콜라가 지금처럼 성장할 수 있었을까? 세계 최대 축구 더비인 엘클라시코! 스페인에 바르셀로나만 있고 레알 마드리드가 없었다면 스페인 리그가 지금처럼 뜨거울 수 있었을까? 건강한 경쟁자가 있었기에 그들은 건강하게 성장할 수 있었다.

한국을 대표하는 기업 삼성과 미국을 대표하는 기업 애플은 스마트폰 최대 라이벌 관계다. 스마트폰 특허 문제로 오랫동안 다툼을 벌이며 영원한 라이벌 관계로 남을 줄 알았는데, 2019년 삼성전자 영상디스플레이 사업부장 한종희는 "이제는 벽을 넘어 모든 것이 하나의 제품을 통해 이뤄질 수 있게 해야 한다. 소비자가 원하든, 원하지 않던 편리함을 줄 수 있다면 애플과 구글, 아마존 등 어떤 업체하고도 협력할 의사가 있다. 이번 협력은 수많은 콘텐츠를 보유하고 있는 애플과 윈윈하는 협력이 될 것이다. 지금은 콘텐츠에 대한 협력이지만 앞으로는 다른 분야에서도 협력이 이어질 것으로 본다."고 말하며 애플과 손을 잡았다.

"형은 결혼하면 자녀들 학교 안 보낼 거야?"

"내가 결정하지 않을 거야. 학교를 가지 않아도 되는 삶을 알려줄 뿐, 충분한 대화를 했는데, 그 아이가 학교에 가고 싶다면 학교에 보내줘야지."

"그런데 만약 그 아이가 학교에 가지 않으면 친구는 어떻게 사겨? 혼자 살 수는 없잖아?"

"친구는 학교에서만 사귈 수 있을까? 그리고 동갑만 친구가 될 수 있을까?"

"동갑만 친구가 될 수 있는 건 아닌데, 학교가 아니라면 어떻게 친구를 사귈 수 있어?"

"마음이 통하는 내가 친구가 되어 줄 수 있고, 또래 중에서 자신과 맞는 친구 몇 명만 있어도 되지 않을까? 친구가 많은 게 좋을까? 스티브 잡스한테는 워즈니악이 있었고, 빌 게이츠 옆에는 폴 앨런이라는 마음이 잘 통하는 좋은 친구가 있었잖아. 그 결과 잡스는 애플을, 빌 게이츠는 MS사를 만들 수 있었지."

"그럼 어떻게 친구를 사귈 수 있어?"

"우리 아이가 만약 미술에 관심을 보이잖아? 그럼 미술관을 비롯해서 미술관 관련된 사람들, 미술이라는 것에 노출을 많이 시켜 줄 거야. 그러면 나이는 다르지만 미술가들과 친구를 맺을 수 있게 되겠지. 그리고 비슷한 또래 중에 미술에 빠진 친구들을 찾을 수 있을 거야. 그 친구들과 친구가 될 수도 있겠지? 만약 친구가 필요하다고 해서 학교에 가고 싶다고 나에게 의사를 표현하면 학교를 다닐 수 있게 해주면 돼. 그건 전적으로 내가 선택하는 게 아니야. 우리 아이가 하는 거지. 난 그 아이가 스스로 선택을 할 수 있는 인생이 될 수 있도록 도와주는 역할을 할 뿐이야. 그 아이는 내 소유가 아니니까!"

"고정관념이 그 만큼 무서운 거 같아. 어제 형이 그랬잖아. 내가 1년 휴학해도 늦지 않겠지? 라는 질문을 했더니 넌 120세 살 텐데 1년 늦는 게 뭐가 그리 문제냐고!"

"맞아, 꼭 18살이 고등학교 2학년일 필요 있을까? 고등학생 2학년이어야 한다는 틀만 깨도 유연성이 생겨 인생이 조금 더 여유로워질 거야. 학교를 꼭 가야 된다는 생각을 버리면 더 선택의 폭이 넓어지겠지. 꼭 필요하다면 20살에 학교를 다녀도 상관없고."

재영이는 미국에 있는 대학에 가고 싶어졌다고 했다. 그래서 재영이에게 한 가지 조언만 해줬다. 공부만 하러 가는 거라면 절대 가지 말라고. 책과 유튜브를 통해서 하버드의 강연을 대부분을 들을 수 있기 때문이다. 대신 이름 있는 대학에 가서 좋은 친구들을 많이 사귈 수 있었으면 좋겠다. 세계 각지에서 온 친구들과 친분을 쌓으면서 자연스럽게 그들의 문화, 예술, 역사, 음식 등 다양한 정보를 얻을 수 있고, 친구가 있는 나라로 여행을 가게 된다면 숙박비를 아낄 수도 있다, 만약 그 친구가 데려간 식당이 대박 맛있는데, 아직 우리나라에 없다면? 새로운 사업 아이템을 찾게 되는 것이다. 음식뿐일까? 물건을 찾게 되면 새로운 무역상품을 찾게 되는 것이다.

내가 생각하기에 세계 인재들이 미국대학으로 모이는 것은 공부가 첫 번째가 아니라고 생각한다. 공부도 중요하겠지만 내가 생각하는 첫 번째는 전 세계 인적 네트워크를 형성하기 위함이라고 생각한다.

물론 아직 어리다보니 수다를 나누거나 함께 게임을 하기 위한 친구도 필요하다고 느낄 것이다. 그런데 인생 길게 봤을 때 주변 친구들과 늘 수다만 나누며 놀다 보면 나중에 성인이 됐을 때 각자 일을 하게 될 테고 그러면 그 친구들과 10대 시절처럼 수다를 나누며 함께 놀 수 있는 시간이 없을 것이다.

그럼 어떻게 해야 할까? 미국으로 대학을 가지 않더라도 방법은 있다. 지금 주변 친구들이 자신의 색깔을 찾을 수 있도록 여러분이 도와주면 된다. 누군가는 디자인을, 누군가는 애플리케이션을, 누군가는 회계를, 누군가는 IT를, 누군가는 또 뭐를 잘 할 수 있을까? 이렇게 색깔 있는 친구들과 계속 친구관계를 맺으면서 같이 힘을 합쳐 세상을 아름답고 살기 좋은 곳으로 만들기 위해 우리가 어떤 일을 할 수 있을지 생각해보고 생각한대로 실천한다면 인생이 정말 재밌지 않을까? 그리고 계속 그 친구들과 10대 시절처럼 재밌게 살면 된다.

난 그런 친구를 만들지 못했다는 사실이 아깝다. 그런데, 나도 나이라는 틀을 깨고 나니 내 주변에 친구가 많다는 것을 깨달았다. 재영이가 이제 그런 친구 중 한 명이 되어 줄 것이고, 세상에서 가장 아름다운 나의 사랑 주은이는 세상 그 무엇과도 바뀔 수 없는 이미 나의 가장 좋은 친구다. 그리고 함께 세상을 아름답게 만들려고 노력하고 있는 정효평, 최용규 작가가 있기에 난 더 이상 외롭지가 않다. 참고로 정효평 작가는 4형제의 아버지며 최용규 작가는 잘 나가던 사업가에서 노숙자 신세까지 갔던 분인데 일 년 만에 17권의 책을 계약한 또라이 작가다. 두 사람은 나보다 나이가 많지만 친구로 지내는 데는 아무 문제가 없다.

05 성공하기 전부터 나눠라

중국에서 시작된 코로나 바이러스로 인해 대한민국은 초비상 상태가 되었다. 수많은 사람들이 기부를 하고 있는데 그 중에서 가장 눈에 띄는 기부는 빌 게이츠가 신종 코로나 백신 개발에 써달라며 기부한 1,186억이다. 그리고 기부하는 것은 쉽지만 의리를 지키기 위해 실제로 대구로 내려 가서 대구 시민들을 만나면서 마스크를 나눠준 배우 김보성이 떠오른다. 그는 마스크를 나눠준 뒤 스스로 자가 격리 조치를 취하고 있다. 코로나가 빨리 사라지길 바라며, 특히 코로나로 큰 어려움을 겪고 있는 대구가 하루 빨리 회복될 수 있길 간절히 기도한다.

공부 열심히 한다고 안심하지 마세요

워런 버핏이 예전에 이런 말을 한 적이 있다. "내가 방글라데시에서 태어났거나 1700년에 태어났다면 내가 가진 부는 얼마나 될 것인가. 내가 번 것의 아주 많은 부분은 사회에서 나온 것"이라고 했다. 과거부터 축적되고 물려받은 지식과 기술 그리고 미국이라는 경제대국에서 태어났기 때문에 세계에서 손꼽히는 부자가 될 수 있었다는 것이다. 절대 성공은 혼자만의 힘으로 얻을 수 없다.

"재영아, 지금 얼마 있어?"

"2만 원 정도 있어."

"2만 원 중에서 2,000원 정도 누군가를 위해 사용할 수 있어?"

"2,000원 정도는 어렵지 않게 할 수 있지?"

"그럼, 네가 20만 원 있다면 2만 원 정도 누군가를 위해 사용

할 수 있겠어?"

"음, 2만 원도 가능하지."

"그럼 200만 원 중의 20만 원은?"

"와, 이제 점점 어려워진다."

"내가 인도에 도서관을 짓고 나서 가장 많이 들었던 말이 뭔지 아니?"

"그게 뭔데?"

"나도 죽기 전에 내 이름으로 된 도서관 하나 짓는 게 소원인데, 젊은 나이에 벌써 도서관도 짓고 대단하네요."

"그게 왜? 뭐가 문제야?"

"저렇게 말씀 하신 분들 중에 그렇게 어렵게 살고 있는 사람이 없는데, 꼭 죽기 전에 자신의 이름으로 된 도서관 하나를 지을 필요가 있을까?"

"와, 그것도 생각 못 해봤네."

"도서관을 짓는 게 자기만족일까? 아니면 진정 누군가를 돕고 싶은 마음일까?"

"…….대답하기 어렵다."

"그래, 딱 잘라서 '자기만족이다' 고 말하기는 어렵지. 그런데 그 사람들에게 내가 도서관을 짓는데 500만 원도 안 들었다고 말해주잖아? 그럼 어떻게 할 것 같아?"

"500만 원? 진짜 얼마 안 드네? 바로 도서관을 짓자고 하겠지!"

"아니, 그때부터 표정이 달라져. 그리고 말을 흐리다가 화제를 바꾸거나 급하게 대화를 마무리하고 자리를 뜨지."

"왜 그런 거야?"

"300만 원 정도 벌기 전에는 300만 원 벌면 30만 원 정도는 누군가를 도울 수 있을 것 같지? 그런데 200만 원 벌다가 300만 원 벌잖아? 그럼, 200만 원 소비하던 사람의 소비가 300만 원 소비하는 습관으로 바뀐다. 결국 계속 돈이 부족한 상태가 되는 거지."

"아, 그래서 지금 나보고 얼마 있는지 물어보는구나."

"그래, 지금부터 네가 가진 것의 1/10을 누군가를 돕는데 사용하길 바래. 그래야 네가 성공했을 때 이것저것 따지지 않고 김보성처럼 의리 있게 기부를 팍팍할 수 있게 될 거야. 그리고 너의 도움을 받았던 사람들이 언젠가는 너를 도와주게 되는 날이 오게 될 거야. 혹시 아니 그 도움이 네가 성공하는데 큰 힘이 되어줄지?"

　"자식들이 아무 일도 하고 싶지 않을 만큼 재산을 주고 싶지 않다. – 워런 버핏

　"그들 스스로 자신의 것을 찾기를 원한다." – 빌 게이츠

　"재산을 물려주는 대신 재단을 만들어 아이디어를 지원하겠다." – 아널드 부부

　"내 아들이 능력이 없으면 내 돈을 다 낭비할 것이고 능력이 있다면 스스로 벌 것이다." – 성룡

"위기는 곧 기회다"

코로나 바이러스가 아니었다면 난 이 책을 쓸 수 없었다. 사촌동생이 우리 집에 온 것은 나에게 큰 행운이다. 그러나 그 행운을 잡은 것은 바로 나다. 평소에 준비되어 있지 않았다면 행운이 행운인지도 모른 채 그냥 스쳐지나갔을 것이다.

지금 여러분들도 학교를 가지 못하는 위기에 처해있을 것이다. 막연히 학교를 안 간다고 좋아할 문제가 아니다. 여러분들의 미래를 위해 지금 이 시간을 어떻게 활용할지 진지하게 생각을 해봐야 한다. 그래서 내 책이 이 타이밍에 나온 것 또한 나에게 행운이지만 여러분들한테도 큰 행운이라고 생각을 한다. 코로나 바이러스로 학교에 갈 수 없는 상황이 되자 대한민국 교육시스템이 무너졌다. 앞으로 어떤 일이 생겨 또 학교에 갈 수 없게 될지, 학교가 갑자기 사라졌을 때 어떻게 공부할지 대비를 해야 된다. 이번 기회를 통해 조금이라도 학교교육 시스템의 문제를 인지했길 바라며 학교 시스템이 정상으로 돌아가게 됐다고 다시 예전으로 돌아가지 말고 스스로 생각하고 스스로 공부하는 방법을 찾기 위한 노력을 포기하지 않았으면 한다.

어머니께서 아시는 분한테 코로나 바이러스로 인해 사촌동생이 우리 집에 왔고 아들인 내가 사촌동생을 멘토링 해주다가 글을 쓰게 됐는데, 책도 다 쓰지 않은 상태에서 투고만 했는데, 계약이 되었다는 이야기를 그 분께 해줬는데 그 다음날 그분한테서 다시 연락이 왔다. "내가 생각을 해봤는데, 아들 천재인거 같은데요? 진짜 어떻게 그렇게 글을 쓸 수 있죠? 천재 맞네!"라고 말씀을 해주셨다.

내가 천재일까? 난 아니라고 생각을 하지만 누군가 나를 천재라고 생각한다면 난 이 책을 선택한 여러분들도 천재라고 생각을 한다. 왜냐고? 아직 자신의 존재가치와 재능을 제대로 알지 못했을 뿐 나의 책을 읽고 제대로 실천만 해준다면 여러분들도 충분히 천재가 될 수 있기 때문이다.

책을 읽고 삶이 달라졌거나 책을 읽고 나의 도움이 필요하다면 망설이지 말고 언제든지 메일을 보내주길 바란다. "답장 안 해주면 어떡하지?"라는 걱정은 할 필요 없다. 그건 내가 선택해야 할 몫이니, 내 몫까지 생각하지 말고, 여러분이 할 수 있는 최고의 선택을 하고 어쩔 수 없는 선택까지 어떻게 하려고 하지 말고 그 에너지로 자신이 해야 하는 진짜 공부에 집중하며 여유롭게 살길

공부 열심히 한다고 안심하지 마세요

바란다.

지금 밖에는 기분 좋게 비가 내리고 있다. 이 비가 여러 분과 나에게 축복의 비가 되길 바라며, 작가로써 할 수 있는 최선의 도움은 글이라고 생각한다. 다시 한 번 코로나 바이러스로 고생하고 계시는 모든 분들이 하루 빨리 편하게 쉴 수 있는 그 날이 오길 바라며, 또한 이 글을 읽고 삶이 바뀌길 바란다.

재영이의 생각

평범한 고등학생인 내가 이번 기회를 통해 나도 할 수 있다는 생각이 들었다. 공부는 학교 공부만이 공부가 아니라는 걸 알게 되었고 제대로 된 공부는 대부분 학교 밖에서 일어난다는 것을 알게 되었다. 물론 학교에 있을 수도 있다. 그러니 이 책을 통해 자신에게 꼭 필요한 공부가 뭔지 찾았으면 좋겠다. 중간, 중간 빈칸들이 있는데 혹시 귀찮아서 안 적었다면 다시 읽더라도 꼭 적고 실천했으면 좋겠다. 물론 그 방법들이 정답은 아닐 수 있다. 그러니 객관적인 사고를 가지는 것도 정말 중요하다. 그리고 실천하더라도 넘어질 수 있다. 하지만 포기는 하지 말았으면 좋겠다. 그리고 이 책을 읽는 친구들 중에는 개인적인 많은 이유를 대면서 자신은 시도 하지 못할 것 이라 생각하며 이 책이 자신에게는 예외라는 생각을 할 것이다. 나도 읽는 입장이었으면 그렇게 생각 했을 것이다. 하지만 적고 있는 나도 정말 평범한 고등학생이고 형이 알려준 방법대로 실천하다보니 공부하는 스타일이 달라졌다. 친구들도 포기하지 않고 정말 꾸준히 실천을 한다면 예외 없이 모두 성공할 수 있을 것이다. 나도 실천한지 얼마 되지 않았지만 전국여행이라는 목표를 세웠고, 이 책을 읽는 친구들도 자신에게 필요한 목표를 세워 실천하고 항상 생각하며 재밌게 살았으면 좋겠다.

공부 열심히 한다고 안심하지 마세요

작가 소개 | About the artist

안병조

빈민가를 여행하는 작가다. 어렸을 때 케빈 카터의 〈수단의 굶주린 소녀〉 사진을 보고 충격에 빠졌다. "세상에 이런 일이! 왜 저 아이는 독수리의 밥이 되어야 하는 거지?" 그 충격으로 인해 부자가 되어야겠다는 생각으로 재무부동산학과에 입학하게 되지만 부동산을 공부하면 할수록 나의 길이 아니라는 생각이 강하게 들어 재무부동산 공부를 접고 대신 대학교 4학년부터 스펙을 쌓는 대신 독서를 하기 시작했다. 목표는 3년 1,000권 읽기. 아쉽게 3년 1,000권 읽기는 실패했지만 3년 동안 947권의 책을 읽을 수 있게 되었고 책을 읽게 되면서 글을 쓰는 사람과 나의 차이점을 발견하게 된다. 그 것은 바로 "그들은 생각만 하지 않고 실천을 했다."는 사실이다. 그 뒤로 행복한 삶을 위해 행동하기 시작했고, 그 결과 〈20대, 20개국 여행〉, 〈빈민가에 도서관 짓기〉, 〈아프리카 수단에 도서관을 짓기 위해 세계여행을 떠나자〉, 〈독서코칭〉, 〈초등학교 선생님을 독서지도 하는 강사〉, 〈극동방송 라디오 고정 게스트〉 등 많은 일들을 할 수 있었고, 생각지도 못했던 작가라는 타이틀까지 얻을 수 있게 되었다. 지금 생각해보면 책을 읽지 않았다면, 책을 읽었지만 책만 읽고 실천하지 않는 바보가 되었다면 어땠을까를 생각해보면 너무 아찔하다. 책을 읽고 나만의 길을 걷다보니 아름다운 주은이를 만날 수 있는 행운도 얻을 수 있었다. 이제 앞으로 뭐가 되고 싶냐고? 세상 사람들이 행복해질 수 있는 방법을 계속 고민하고 그것을 때로는 글로, 때로는 강연을 통해 행복을 계속 전파하고 싶다.

내가 쓴 책은 이렇다. 〈버킷프로젝트〉, 〈미라클팬슬〉, 〈대학 가게? 그냥 사장 해!〉, 〈10대 교과서 대신 1000권의 책을 읽어라〉, 〈손자의 틀을 깨고 병법의 판을 짜라〉, 〈책은 무기다〉

모쪼록 당신도 나처럼 매순간 행복한 삶을 선택하길 바라며……

메　일 : klop1209@naver.com

블로그 : https://blog.naver.com/klop1209(빈민가를 여행하는 작가)

공부 열심히 한다고 안심하지 마세요